ベリーズ文庫

堅物社長にグイグイ迫られてます

鈴ゆりこ

JN178116

STARTS
スターツ出版株式会社

目次

堅物社長にグイグイ迫られてます

浮気彼氏と堅物上司

子供の頃からうっかりミスが多かった。

「どうしよう……」

しんと静まる職場の片隅で私は固まったまま動けずにいる。

目の前には、シュレッダー。右手には、無惨な姿で半分だけ残ったＡ４サイズの紙が一枚。

「どうしよう、どうしよう」

さっきからこの言葉を繰り返しているけれど、やってしまったものはどうしようもない。それでもつい口に出てしまう。

「どうしよぉぉぉぉ」

百瀬《ももせ》雛子《ひなこ》、二十六歳。

たった今、上司の大事な書類を間違えてシュレッダーにかけてしまった。

途中でハッと気がついたものの間に合わず、お客様との大切な契約書の半分が失われてしまった。しかも一番重要な印鑑が押してある部分。

集めて繋《つな》げれば、なんとかなるかも！　なんて閃《ひらめ》いてシュレッダーの蓋を開けてみるけど、なんとかなりそうもなかった。

当たり前か……。

そこにはシュレッダーにかけられたたくさんの紙が、散り散りになって集まっている。この中から必要な書類の欠片《かけら》だけを集めるのは難しい。というか絶対に無理。

ミスをした時に、どうにかしてそれを隠せないかと、つい考えてしまうのが私の悪いところだと思う。

「はぁ……」と、思わずため息がこぼれてしまう。でも、自分が悪いのだから仕方がない。ここはしっかり謝らないと。

きっとまた怒られるんだろうなぁ……。

そういえば、午前中も職場内を急いで移動していたら、何もないところで足がもつれて転んでしまった。その拍子で、抱えていた書類を床へ盛大にばらまいてしまい、上司に冷ややかな視線を送られたっけ。

『お前はドジなんだから焦るな！　ゆっくり動け！　そしてしっかりと確認をしろ！』

そんな上司の怒鳴り声が聞こえた気がして、思わず身体がブルッと震えた。

私の上司で、ここ〝御子柴《みこしば》設計事務所〟の代表、建築家の御子柴悟《さとる》さんはとにかく厳しい人だ。

現在三十五歳の独身。大手組織設計事務所で勤めたあと、三十歳で独立して自分の事務所を立ち上げた。

一級建築士の資格を持つ彼が請け負う仕事は、ビルやマンションなどの大規模な建築物から戸建て住宅まで様々だ。自治体や企業からだけでなく、テレビでよく見る著名人からも依頼を受けたりすることもある。というのも、御子柴さんは建築関係の賞をいくつも受賞していて、その道ではかなりの有名人らしい。

おまけに実家は日本屈指の大企業〝御子柴商事〟。すなわち彼はお坊っちゃまだ。でも、ひとり息子である御子柴さんは、実家を継ぐ気が全くないらしい。そのことで社長であるお父さんと揉めていて、今は連絡を取っていないのだとか。

実家の援助を何ひとつ受けず、自分の力だけで事務所を立ち上げ、建築家としての腕をコツコツと磨いてきた御子柴さんは、仕事に関しては鬼のように厳しくて、常に完璧を求めている人だ。

少しのミスも許してはくれないので、うっかり者の私はよく注意を受けては、落ち込む毎日を過ごしている。

そもそもミスをする私が悪いのだから仕方がない。とはいえ、どうしてこう毎回毎回懲りずにミスを繰り返してしまうのだろう。自分でも情けなくなる。

振り返れば子供の頃から、皆がスムーズにこなせるようなことが私には難しかった。何をやるにもスローペースでミスが多い。友達からは『雛子ちゃんって天然だよね』なんて、よく笑われていたし、どんくさい性格ゆえにクラスメイトの女子から仲間外れにされたこともあった。

もうすっかり大人になったというのに、私はあの頃から何も変わっていない。

仕事は遅いし、よく間違えるし、要領も悪いし、ドジもするし、背も低いし、天然パーマだし……という後半ふたつのコンプレックスは、今は関係ない。

たったひとつの仕事のミスをきっかけに、次々と自分の嫌いな部分が気になり、ため息をついた、その時だった。

「ただいま」

男性の低い声とともに事務所の扉がガチャリと音をたてて開いた。反射的に肩がビクッと震える。

外出中だった御子柴さんが戻ってきたようだ。

私は素早く扉へ振り返ると、勢いよく頭を下げた。

「御子柴さん！　すみませんでしたぁぁ」

ほぼ直角に腰を折ると、耳にかけていた髪の毛がふわっと顔の横にたれてくる。肩より少し下の位置で切り揃《そろ》えている薄茶の髪は、ふんわりとウェーブをしている。もちろん、ゆるふわパーマをかけたわけではなくてただの天然パーマ。しかもかなり手強いやつで、ストレートをかけても一週間もすれば戻ってしまう。私のコンプレックスのひとつである。

「佐藤《さとう》様の契約書を間違えてシュレッダーにかけてしまいました。すみません。本当に申し訳ありません」

頭を下げたまま自分のミスを正直に謝る。そして、すぐに落ちてくるであろう大きな雷に備えて身体を強張らせた。だけど、それは一向に落ちてこない。代わりに、肩にポンと優しく手を載せられた。

「雛子ちゃん、またドジしちゃったの？」

その声に「え？」と思って顔を上げると、そこにいたのは御子柴さんではなかった。

「え、あれ、佐原《さはら》さん⁉」

「うん。そう、俺」

にこりと微笑みながら、自分のことを指差すこの男性は佐原一樹《かずき》さん。御子柴設計事務所で働く、もうひとりの建築家だ。

御子柴さんと同じ三十五歳で、ふたりは大学時代の同級生らしい。常に仏頂面で愛想の欠片もない御子柴さんとは正反対で、佐原さんは朗らかな性格で、優しい笑顔の持ち主だ。

自分がしてしまったミスを謝ることだけに集中していたせいか、扉から入ってきた人の顔をよく確認しなかった。てっきり御子柴さんだとばかり思っていた。

「なんだ。佐原さんですか」

なんだ、という言い方は失礼だけど。

思わずホッとした私は、その場に座り込んでしまった。そんな私に微笑みかけながら、佐原さんは自分のデスクに向かい、羽織っていた上着を椅子の背もたれにそっとかける。

「雛子ちゃん、佐藤様の契約書、シュレッダーにかけちゃったんだ」

「はい。御子柴さんから、いらない書類の整理を頼まれたんです……」

お昼休憩のあと、これからクライアントとの打ち合わせが入っている御子柴さんに、もう必要のない書類の破棄を頼まれた。

きっちりとした御子柴さんの性格からなのか、うっかり者の私を信用していないからなのか、破棄用の書類にはわかりやすく赤いマジックでバツ印が描かれていた。その通りに書類をシュレッダーにかけている途中で、外出中の御子柴さんから電話があり、私は作業を一時中断させた。

電話の内容は、デスクにしまってある佐藤様の契約書の件で急遽《きゅうきょ》確認してほしいというものだった。私はその契約書を見ながら、御子柴さんが知りたかった情報を伝えると電話を切った。

そのあと、再び破棄用の書類をシュレッダーにかける作業に戻ったものの、一体何をどう思ったのか、手に持ったままだった佐藤様の契約書をシュレッダーにかけてしまったのだ。

……自分の行動がよくわからない。

そんな経緯を佐原さんに説明すると「あらま」と、苦笑いをされた。

「そういえば雛子ちゃん、この前も書類関係で悟に怒られてなかった？」

過去のミスを引っ張ってこられた私は、うつむきながら「はい……」と小さな声で答えた。

あれは一週間前。

御子柴さんの大切な書類をうっかりゴミ箱に捨ててしまい、翌日のゴミ収集日にほかのゴミとともに集積場へと持っていかれてしまった。

『今すぐゴミ捨て場へ行って、探してこい』

鬼のように恐ろしい表情の御子柴さんに無茶を言われ、私はもう半泣き状態だった。見兼ねた佐原さんが『一応、バックアップもとってあるんだし……』と、なだめてくれたおかげで、その場は収まったものの……。

あのミスからまだ一週間しか経っていないというのに、また書類関係のミスをしてしまうなんて。

もしかしたら、今度こそ本当にクビかもしれない。でも仕方がない。悪いのはすべてドジな私なんだから。

「俺も一緒に謝ってあげようか?」

落ち込んでいる私に佐原さんがそっと声をかけてくれる。

「そうすれば悟もそんなには怒らないかもしれないし」

気難しい性格の御子柴さんだけど、付き合いの長い佐原さんのことは信頼しているのか、彼の言うことだけは素直に聞き入れることが多い。

なので、佐原さんは私が怒られているところを見かけるたびに、そっと間に入ってきて、御子柴さんの怒りを抑えてくれる。

正直、今回も佐原さんの助けを借りたい。でも、前回ミスした時も、その前にミスをした時も、いつも助けてもらってばかりだ。さすがに毎回、佐原さんにかばってもらうのは申し訳ない。

「大丈夫です。ひとりでしっかりと謝ります」

顔を上げて、はっきりとそう言ったつもりだった。でも、佐原さんは心配そうな顔で「本当に大丈夫？」と確認してくる。そんな彼に、私はもう一度「大丈夫です」と力強く告げた。

「まぁ、見ていられなくなったら、いつもみたいに助けるよ」

佐原さんの手が私の頭をポンポンと撫でる。

御子柴さんと違って、佐原さんはいつも私に優しく接してくれる。だから、うっかり好きになってしまいそうになる。

でも、佐原さんは大学時代に知り合った奥様と去年結婚したばかりの新婚さんだ。佐原さんみたいな素敵な人が旦那様なら、きっと毎日穏やかで幸せな生活を送れるんだろうなぁ。

なんて、佐原さんの奥様をうらやましく思っていると、突然、入口の扉がバンと大きな音をたてて勢いよく開いた。

「戻った」

佐原さんよりも少しだけ低い声。間違いない。今度こそ御子柴さんが戻ってきた。

「おかえり、悟」

佐原さんの言葉に、御子柴さんは「ああ」と短く答えると、窓際にある自席へと足早に向かう。

椅子にどっかりと腰を下ろすと、デスク上のパソコンに電源を入れて、疲れているのか「はぁ……」と深い息を吐き出した。

起動したパソコンの画面を見つめながら、御子柴さんは肩に手を当て、ぐるぐると腕を回している。そんな彼のもとへ、私はそっと近づいていった。

出先から戻ったばかりだというのに、御子柴さんはさっそく仕事に取りかかっているようだ。カバンから取り出した図面と、パソコン画面を交互に見ながら、眉間に皺を寄せて何やら難しい表情を浮かべている。

……いや、この人の場合はこれが普通の表情だった。

怒っているわけではないのに、怒っているように見えてしまう無愛想な顔つき。それでも人に不快感を与えないのは、整った顔立ちのおかげだと思う。

涼しげな切れ長の目に、シュッとした顔。清潔感のある黒髪は少し長めで、前髪は無造作に横に流されている。寝グセでたまに右側の髪の一部がピョンと横にはねているのが気になる時がある。でも今日は、打ち合わせがあったからなのか、綺麗にセットされている。

御子柴さんは世間一般で言うイケメンの類《たぐい》に入るんだと思う。身長も百八十センチを超える長身で、手足もすらりと長く伸びているし。

見た目だけならモデル顔負けなのに、この人は性格が少し残念だ。

表情は常に硬くて、笑ったところなんて見たことがない。話しかけても必要以上のことはあまり話してくれないし、素っ気ない返事しかくれない。そして何より、他人にも自分にも厳しすぎる。おそらく、優しさとは全く無縁の世界に生きている人なんだと思う。

せっかく見た目がいいんだから、もっと親しみのある性格をしていたら、絶対に今よりもモテるはずなのに。

まぁ、でも御子柴さんのことだから、女性にモテるモテないとかは気にしていないんだろうな。この頭の中は、仕事のことしかないはずだから。

「おい、さっきから何、人の顔じっと見てんだ」

鉛筆と定規を使い図面に修正線を描き込んでいた御子柴さんが、ふと顔を上げると私をギロリと睨みつける。

「あ、いえ、すみません」

反射的に私はペコリと頭を下げてしまった。そして、再び視線を図面に落とした御子柴さんに向かって、恐る恐る声をかける。

「あのですね、実は、御子柴さんにお話がありまして……」

小さな声でそう告げると、御子柴さんの手の動きがピタリと止まった。視線がゆっくりと私へと戻ってくる。

「お前、もしかしてまた何かやらかしたな」

まだ何も言っていないはずなのに、ずばり言い当てられた私は、思わずビクッと肩が跳ねた。

仕事の時にだけかけている黒縁の眼鏡の奥の瞳が、じっと私を見据えていて怖い。それに耐えながら、私はなんとか声を絞り出す。

「そうなんです」

そう答えると、御子柴さんは持っていた鉛筆をデスクの上に投げ捨て、「何した?」と低い声で問いつめてくる。

どうしよう……。

もうすでに怒りスイッチがオンになっている。

「えっと、あの、そのですね」

大切な契約書をシュレッダーにかけてしまいました……と、なかなか正直に言い出すことができない私に、御子柴さんは座っている椅子を少しだけ後ろに引くと、長い足を組む。そして軽くため息をついた。

「ほら、早く言ってみろ」

苛立ちを含んだ声で促され、私は覚悟を決め、思い切り頭を下げた。

「すみませんでした。佐藤様の契約書を間違えてシュレッダーにかけてしまいました」

言い終えても、頭を上げることができない。御子柴さんの顔を見るのが怖くて、履いているパンプスの爪先部分をじっと見つめる。

しばらくしてから、ため息とともに低い声が聞こえた。

「お前のことだから、どうしてそんなことになったのかは、まぁ、大体想像がつく。どうせ、俺が頼んでおいた破棄用の書類と一緒に、うっかりシュレッダーにかけたんだろ」

「……はい。そんなところです」

私は、ようやく少し顔を上げて頷《うなず》くと、「すみません」ともう一度謝罪の言葉を口にする。

このあとすぐに御子柴さんから「謝ればいいってもんじゃない」と、きつく言われてしまうはずだ。それはそうだ。いくら謝っても、佐藤様の大切な契約書はもう戻ってはこないんだから。

そう思って、これから始まるお説教を待っていた。だけど聞こえてきたのは、ため息ひとつだけだった。

「まぁ、いい。どうせその契約書はもう必要ない」

そう言って、御子柴さんはカバンから一枚の書類を取り出す。それは、私がシュレッダーにかけてしまった佐藤様の契約書と全く同じ物のように見える。

「さっきまで佐藤様と会っていたんだ。新しい契約書が必要になったから、それにサインと印鑑をもらいにな。お前に電話をしたのも、そのことで確認したいことがあったからだ」

え、新しい契約書？

ということは……。

「私がシュレッダーにかけてしまった佐藤様の契約書は、もう必要ないってことですか？」

確認すると、御子柴さんは「ああ」と頷いた。

「じゃあ、シュレッダーにかけちゃっても問題なかったってことですか？」

「問題ないってわけではないが、さほど困りはしない」

御子柴さんはそう答えながら、パソコンの電源を落とす。そして、図面や書類をすべて引き出しにしまい、さっと椅子から立ち上がった。

それから、デスクの上に積まれている建築関係の分厚い本を何冊か手に取ると、壁際の背の高い本棚へと向かう。長い腕を伸ばして、本を一番上の段へと戻しながら、御子柴さんはぼやいた。

「なぁ、百瀬。もっと集中して仕事をしろって俺はお前に何度も言ってるよな。お前は一日一回、必ず何かやらかさないと気が済まないのか」

「……すみません」

うつむきながら謝罪の言葉を口にする私の隣を、御子柴さんが通り過ぎていく。再び自席に戻った彼は、椅子の背もたれにかけていたジャケットを羽織ると、カバンを手に取った。

「お前にはもっといろいろと言いたいことがあるが、今は時間がない。大事な用事があるんで、俺はこれで帰る」

「え、もう帰るんですか？」

いつもなら、まだまだお説教が続くのに、どうやら今日はこれで終わりらしい。

うつむいていた顔をパッと上げ、壁かけ時計に視線を向ける。もうすぐ定時の五時半なので、帰宅をしてもおかしくない時間だ。

でも、いつも最後まで事務所に残って仕事をしているはずの御子柴さんが、こんなに早く仕事を切り上げるのはすごく珍しい。

大事な約束ってなんだろう……？

「お疲れ、悟」

「お疲れさまでした」

御子柴さんの背中に向かって佐原さんと私が声をかけると、御子柴さんは「お疲れ」という返事を残して、颯爽と事務所をあとにしてしまった。

とりあえず、普段よりは怒られずに済んだ……。

「御子柴さんの大事な用事って、なんでしょう？」

そう呟《つぶや》くと、佐原さんも全く同じことを思っていたようで「なんだろう？」と首を傾《かし》げながら、事務所のカレンダーに視線を向ける。

「特にこれから打ち合わせも会食も入ってなさそうだし」

「そうですよね」

これから打ち合わせがあるとしたら、御子柴さんは必ず図面などの大量の資料とノートパソコンを持っていくはず。それを置いていったということは、打ち合わせではない。

仕事上の会食がある時は『面倒くさい』と、いつも朝から不機嫌だけど、今日はそんな様子もなかったから、会食でもなさそうだし。

御子柴さんが定時で帰るほどの大事な約束ってなんだろう？と、考え込んでいると、佐原さんが何かを思いついたのか「もしかして」と口を開く。

「彼女とデートかも」

隣から聞こえた言葉に、私は思わず「えぇっ⁉」と驚きの声をあげてしまった。

「御子柴さんって、彼女いるんですか？」

「うーん……いるよ。すっごく可愛い彼女」

「えっ……」

それを聞いた途端、思わず口をポカンと開けたまま、固まってしまう。あの御子柴さんに可愛い彼女がいるなんて、信じられない。

常に仏頂面で、口数も少なくて、愛想の欠片もないような人なのに。

顔だけ見たら確かにカッコいい。でも、なんせ御子柴さんは性格に問題がありすぎる。そんな人に、まさか彼女がいたなんて。いや、そういうところが好きだという人も、世の中にはいると思うけれど。

そういえば以前、上司である御子柴さんに向かって、大変失礼なことを言ってしまったのを思い出した。

仕事が終わってから、御子柴さんと佐原さんと私の三人で食事へ行ったことがあった。その時、何かの話の流れで、私は御子柴さんに向かって『私なら絶対に御子柴さんみたいなタイプとは付き合いたいとは思いません』などと、はっきりと言ってしまったのだ。

もっとも、確かそのすぐあとに御子柴さんから『俺もお前のようなドジ女だけは、絶対にごめんだ』と、反撃されてしまった。

でも、そっか。御子柴さんにもちゃんと彼女がいるんだ。

「あれ？　もしかして雛子ちゃん、悟に彼女がいるってわかってショック？」

すっかり黙り込んでしまった私に、佐原さんは何を勘違いしたのか、にこっと笑いながらそんなことを言ってくる。私は、思わず慌ててしまった。

「い、いえいえ。決してそういうわけではないです」

手をぶんぶんと横に振りながら、はっきりと否定する。

御子柴さんに彼女がいると知って驚きはしたものの、ショックを受けたというわけではない。

すると、なぜか佐原さんは少し残念そうな表情を浮かべながら「そうだよね」と呟いた。

「雛子ちゃんには同棲中のラブラブ彼氏がいるんだもんね」

「はい！　私は彼氏ひと筋なので」

御子柴さんに彼女がいようがいまいが、私には全く関係ない。

私には大学の時から付き合っている俊《しゅん》君という大切な彼氏がいるのだから。

俊君とは同じ歳で、大学を卒業してお互い社会人になるのをきっかけに、私が彼のアパートに転がり込む形で同棲を始めた。

特に大きなケンカをすることもなく、お互いの誕生日やクリスマス、バレンタインなどの行事は必ず一緒に過ごし、それなりに交際は長く順調に進んでいると思う。

だけど、私にはちょっとした悩みがあったりする。

少し前から俊君は仕事が忙しいらしく、一緒に家にいる時間が以前よりもだいぶ減ってしまった。深夜帰宅になったり、朝方に帰ってきたり、帰ってこなかったり、休みに突然仕事になって出かけてしまったり……。

そのことを大学時代の友人に話すと『絶対、浮気に決まってる!』と、証拠もないのに決めつけられてしまう。

でも、私は一ミリも浮気の心配はしていない。だって、俊君は私を裏切るような人じゃない。

私たちには七年という長い恋人期間があって、お互いを信頼し合っている。今さら浮気なんて絶対にありえないし、そんなことで壊れるような脆《もろ》い関係ではないはずだ。

「ねぇ。それってやっぱり浮気じゃない?」

飲んでいたワインをテーブルに乱暴に置いたのは、大学時代の友人の松谷《まつや》汐里《しおり》だ。

腰にまで届きそうな綺麗な黒髪を後ろでひとつに結んだ彼女は、もうすぐ結婚式を控えている。

大手企業の営業部でバリバリと働きながら、結婚式の準備も同時にこなす汐里は、とても大変そうだけど、幸せで充実しているように見える。

そんな彼女と、今日は金曜日ということもあり、仕事のあとに待ち合わせをして食事に来ていた。場所はイタリアンのレストラン。サラダとパスタとピザを注文して、ふたりで分け合って食べている。

「だから、俊君は浮気なんてしないって、いつも言ってるでしょ」

飲んでいたアップルジュースを、先ほどの汐里と同じように私もテーブルへと叩きつけるように置いた。

「汐里だって俊君のことよく知ってるんだから、浮気なんてするような人じゃないってわかるじゃん」

「確かにね。俊太《しゅんた》は優しいヤツだし、ちょっと気の弱いところがあるから、雛子のことを裏切ったりはしないとは思うけど」

「けど？」

「人って変わるしねぇ」

そう呟いて、ワインを口に含んだ汐里に、私はムッと唇を尖らせる。

汐里とは同じゼミに所属していたこともあり、学生時代は一緒にいることが多かった。同じ学部だった俊君とも彼女は仲がよかったし、結婚相手の将生《まさき》君は俊君の友達でもある。そんなこともあり、学生時代の私たちはよく四人で遊びに出かけていた。

社会人になった今では四人で集まる機会はほとんどなくなってしまったけど、汐里の結婚式で久しぶりに顔を合わせるのを、私は今から楽しみにしている。

それに、できることなら私と俊君も、汐里と将生君に続いてそろそろ結婚……なんて淡い期待を抱いている。

それなのに、汐里が俊君の浮気を疑ってばかりいるから気分は最悪だ。

「もうその話はやめ！　おしまい！　それより汐里はどうなの？　結婚式の準備は順調？」

これ以上、汐里に俊君の浮気を疑われるのは嫌なので話題を変えた。汐里は、飲んでいたワインのグラスをくるくると転がしながら答える。

「うん、まぁ、大体のことはほとんど決まってるよ。特注したドレスも、なんとか間に合って届いたし。あとは当日の天気を祈るのみ」

「晴れるといいね」

「ホント。せっかくガーデンウエディングにしたのに、雨だったら最悪」

汐里の結婚式は、都内にある一軒家風のレストランを貸し切りにして行われる。敷地内にある庭園で、挙式とちょっとしたパーティーをするそうだ。

「ブーケトスは雛子に向かって投げるから、しっかり取ってね」

そう言って微笑む汐里は、とても幸せそうだ。彼女を見ていると、私まで気持ちがほっこりと温かくなって、ますます結婚への思いが強くなってしまう。

汐里の結婚式の帰りにでも、俊君にそれとなく話してみようかな。

そんなことを考えながら、フォークにパスタをくるくると巻きつけていると、とろりと溶けたチーズを伸ばしながらピザを食べていた汐里が、突然「あっ！」と何かを思い出したように口を開いた。

「そういえば、昨日のテレビに御子柴さん出てたよ」

「テレビ？」

「うん。ほら、夜の十一時頃からやってる番組で……タイトルなんだったかな。それに御子柴さんが取り上げられてた」

「……ああ！」

思い出した。

その番組といえば、毎週いろいろな職業のプロフェッショナルを取り上げて密着するものだ。確か二ヵ月ほど前に、御子柴さんを一週間密着取材していたっけ。

「昨日の放送だったんだ」

すっかり見逃してしまった。見たかったなぁ。

「雛子も、ちらっと出てたよ」

「え！　本当⁉」

「後ろ姿が少しだけね」

「なんだ」

後ろ姿だけか、と少しガッカリした気分になる。事務所内でもカメラを回して取材をしていたから、私も映り込んでいるかなぁと、こっそり期待していたのに……。

「そういえば雛子って、御子柴さんのところで働いて何年になるの？」

「うーんと、今月でちょうど三年目になるのかな」

そう答えながら、私は当時のことを思い返す。

失業中だった私を御子柴さんが雇ってくれたのが三年前、秋の始まる頃。きっかけは一枚の貼り紙だった。

御子柴設計事務所で働く前の私は、新卒で入社した都内にある小さな広告代理店で、月イチで発行される求人情報紙の制作の仕事をしていた。

そこでもやっぱりたびたびミスをしては、先輩や上司から注意を受けていた。だけど、それがつらくて辞めたいと思ったことは一度もなかった。仕事はそれなりに好きだったし、やりがいも感じていたから。

それが、入社してから一年ほどが経った夏の頃。

同じ部署で働いていた三つ年上の先輩のミスで、大口の顧客を怒らせてしまうという事件が起きた。彼女は私の教育係でもあったので、私も一緒にその顧客の担当をしていた。

先輩のミスというのは、掲載した求人データに誤りを記載してしまうというもの。

そして、そのミスを先輩は後輩の私のせいにしたのだ。

仕事ができる人だったので、上司もまさか先輩がこんな初歩的なミスをするはずはないと思ったようだ。そして、普段から何かとミスの多かった私ならやりかねないと、その責任を私が取らされることになった。

間違った求人情報を載せられ、腹をたてたクライアントが会社へ乗り込んできた時も、上司とともに私が頭を下げさせられた。担当も外されてしまったし、部署も異動になった。

一方、ミスをした先輩は全くの無傷で、何事もなかったように仕事を続けていた。

教育係でもあり、信頼していた先輩に裏切られたこと。濡れ衣を着せられ、私のミスではないと訴えても、誰も信じてはくれなかったこと。それがすごく悲しかった。

そしてある日、プツン、と糸が切れたように、私は会社を辞めていた。

それから新しい就職先を探す日々を送っていたものの、そう簡単には見つからない。

何十社と面接を受けても不採用が続き、すっかり落ち込みながら夜の街をふらふらと歩いていた、ある日のことだった。

このまま仕事が決まらなかったらどうしよう……。

途方に暮れていたところ、たまたま通りかかったビルの壁に【事務員急募】と書かれた一枚の貼り紙を見つけた。

夜の街の明かりにぼんやりと照らされているその紙をしばらく見つめていると、後ろから低い声に話しかけられた。

『その求人に興味あるのか？』

振り返ると、長身の男性が私のことを見下ろしていた。無地のシャツにジーンズというラフな格好で、右側の髪の一部だけがピョンとはねていた。

それが御子柴さんとの出会いだった。

ジーンズのポケットに手を突っ込み、無表情で私を見下ろす冷たい視線に少しだけ脅えながらも、貼り出された求人に興味があるのかという質問に、私は迷わずに『はい』と頷いた。

『こちらで働かせてください。お願いします』

そう頭を下げると、御子柴さんは場所を事務所内に変えて、すぐに簡単な面接を始めてくれた。

ちょうど持っていた履歴書を見せながら、いくつかの質問に答えていく。すると、その場ですぐに御子柴設計事務所の事務員として私は採用になった。

それが三年前の今頃だった。

あの時、私を雇ってくれた御子柴さんには感謝の気持ちしかない。せっかく採用してもらえたのだから、しっかりと働いて御子柴設計事務所のためになりたい。

そうは思うものの、子供の頃からのうっかりグセはそう簡単に治るはずもなく、ほぼ毎日のように御子柴さんに怒られ、迷惑をかけてばかりの毎日を送っている。


汐里とは、夜の十時前には別れた。

明日は午前中から、結婚式の最終打ち合わせがあるらしい。せっかくの休日なのに早起きするのが面倒くさいとぼやきながらも、汐里は幸せそうに手を振って婚約者の待つ家へと帰っていった。

私も俊君との家に帰ろう。

暑い夏もすっかり過ぎ去り、季節は秋へと変わろうとしている。陽が落ちると少し肌寒く感じる風が吹く中、最近コンビニで販売が開始されたばかりの肉まんをふたつ買って、私は家に帰った。

今日もきっと残業で、深夜に帰ってくるであろう俊君とふたりで食べよう。

「ただいま」

アパートに着くと、玄関の扉を開けて、手探りでライトのスイッチを見つける。それを押すと、カチカチッと点滅しながら明かりがゆっくりとともる。

「俊くーん」

きっとまだ残業で家には帰っていないと思いつつも、つい彼の名前を呼んでしまう。でもやっぱり返事はなくて、家の中はしんと静かだ。

今日は何時に帰ってくるんだろう。肉まん一緒に食べられたらいいなぁ。

そんなことを思いながら、パンプスを脱ごうと足に伸ばした手がピタリと止まった。

玄関に、見覚えのないエナメル素材の真っ赤なハイヒールが脱ぎ捨てられている。

私はヒールの高い靴が苦手だから、普段はほとんど履かない。何足かは持ってはいるけど、こんな派手な色はなかったはず。

「えっ……何これ？」

じゃあこの靴は何……？

真っ赤なハイヒールの隣には、見慣れた革靴が脱ぎ捨てられている。これは俊君の物だ。

瞬間、ぞわっと身体中に冷たいものが走り抜けていく。

なんだか嫌な予感がして、パンプスを慌てて脱ぎ捨て、家の中へと足を踏み入れた。ふたりで暮らすには少し狭いワンルームの部屋は、もともと俊君が学生の頃から住んでいる部屋だ。

これからふたりで頑張って働き、お金を貯《た》めて、いつかはもっと広くて、いいところに住もうと約束をした日のことを、不意に思い出す。

そんな私と俊君の家に、誰かがいるかもしれない……。

「俊君……？」

八畳ほどの部屋は真っ暗で、手探りでライトのスイッチを探し出して押した。

入ってすぐのところには、ちょっとした対面型のキッチンがある。もっとも料理はたまにしかしないので、新品のように綺麗だ。

中央にあるローテーブルには、私が今朝飲んだココアのカップがそのまま置かれている。そういえば、洗うのを忘れて仕事へ出てしまった。

テレビボードには、俊君と付き合い始めた頃から現在までの写真や、去年ふたりで北海道旅行をした時に買ったスノードームが飾ってある。

そして、窓際にはいつも俊君とくっついて眠っているベッドが置かれているのだけれど……。

「えっ」

目の前の信じられない光景に、肉まんの入った袋を思わず床に落としてしまった。

どういうこと？

ベッドには俊君と、見知らぬ女性が身体をぴったりとくっつけながら、毛布にくるまって眠っている。

思考が一瞬停止した。

そのまま呆然《ぼうぜん》とたたずんでいると、ベッドの毛布がもぞもぞと動きだす。

「……ん」

どうやら俊君が目を覚ましたらしい。

「今、何時だ……」

もぞもぞと起き上がり、枕元に置いてあるスマホへ手を伸ばそうとしたところで、部屋の入口にいる私と目が合った。

「雛子……？」

掠れた声で私の名前を呼ぶ俊君の目が、驚いたように見開かれる。

「えっ、どうして……今日は松谷とご飯に行くから、遅くなるって」

慌てた様子の俊君。一方の私も、目の前の光景が衝撃的すぎて、言葉が出てこない。

立ち尽くしている私に、俊君はさらに慌てた様子でオロオロとしている。

「な、なんで帰ってきたんだよ」

なんでって……。

その言葉が鋭いナイフのように胸に突き刺さる。そんなこと言われても、ここは私の家でもあるんだから、帰ってきて当たり前なのに。

だんだんと胸が苦しくなってきた。

この状況について、いろいろ聞きたいことがあるのに、唇が震えて言葉を出すことができない。

汐里の言っていた通りだった。

俊君は浮気をしていた。しかも、私と一緒に暮らすこの家で堂々と。

「雛子、あの、えっとさ……」

パンツ一枚だけを身につけた俊君が、ベッドからそろそろと下りてくる。すると、隣で眠っていた女性も目を覚ましたようだ。

「俊太、どうしたの？」

彼女は俊君を見たあと、彼の様子がおかしいことに気づいたのか、私のほうへゆっくりと視線を向ける。そして特に驚きもせず、一瞬で状況を呑み込んだのか、あっさりと告げた。

「あっ、彼女、帰ってきちゃったんだ」

瞬間、私はもうこの場にいるのが限界になった。

すぐにでもこの部屋を出ていきたいと、玄関へ向かって走りだそうとした。

「痛っ」

先ほど、床に落としてしまった肉まん入りの袋を踏んで、足が滑ってしまう。バランスを崩し、ドスンという鈍い音とともに、見事に顔から倒れ込んだ。

どうして、こんな時までドジなんだろう。

「雛子、大丈夫?」

そんな私を心配してくれたのか、後ろから俊君が声をかける。

大丈夫なわけないじゃん!

そう心の中で叫びながら、身体をゆっくりと起こした。

どうやら、おでこと鼻をぶつけてしまったようで、ジンジンと痛みだす。でもそんな痛みより、今は心のほうが痛くて苦しい。

私は何も言わずに、玄関へ向かって進んでいく。

「待って、雛子」

俊君に呼び止められてしまい、玄関のドアノブに手をかけたまま立ち止まった。

でも、今は振り返りたくない。

俊君の顔なんて、見たくない。

私は勢いよく玄関を開け、家を飛び出した。

大学の頃から七年も付き合っていたのに。浮気なんか絶対にしないと信じていた彼氏に裏切られた。

いつから俊君はあの女の人と……？

一緒に住んでいたはずなのに、全く気づくことができなかった。そんな自分が悔しくて情けない。

不思議と涙は出てこなかった。

あまりにも受けた衝撃が大きいと、涙すら出てこないのかもしれない。

今の私にはその言葉がぴったりな気がした。

放心状態。

アパートを飛び出してきたものの、行き先も特に思いつかず、ふらふらと街の中をさまよっていた。

しばらく歩いたところで、カバンをアパートに置いてきてしまったことに気がついた。だけど戻るわけにもいかず、私はすっかり途方に暮れてしまった。

動揺していたとはいえ、どうして私はこんな時にまでドジをしてしまうのだろう。

財布がないのでお店にも入れないし、スマホもないので汐里とも連絡が取れない。

それだけでも充分に最悪な状況なのに、先ほどからポツポツと雨も降り始めている。

今朝の天気予報では、雨なんてひと言も言ってなかったのに。

次第に雨足は強くなり、ザーッと音をたてて降ってくる。もちろん、傘なんて持っていないので、髪や服が雨に濡れていく。

目的もなく、ふらふらと歩いていたら、いつの間にか通い慣れた職場の前まで来ていた。ということは、一時間近くも歩いていたことになる。

いくつかの企業が入る十階建ての建物。その六階に御子柴設計事務所はある。

見上げると、事務所の窓にはブラインドが下げられ、すでに電気は消えていた。

腕時計で時間を確認すると、夜の十一時過ぎ。

この時間なら、普段はまだ御子柴さんが仕事をしているし、自宅に帰るのが面倒で泊まっていることもある。

でも……そっか。今日は彼女とデートなんだっけ。

とりあえず今晩だけでも泊まらせてもらえないかと思ったけれど、誰もいないなら無理そうだ。事務所の鍵も、アパートに置いてきたカバンの中にあるし。これからどこへ行けばいいのだろう。

雨足は次第に強くなって、私の全身を濡らしていく。

アパートへ戻ろうかな……。

そんな考えが一瞬浮かぶ。でも、俊君と浮気相手のいるあの家には戻りたくないし、戻れない。このまま、今夜はどこかで野宿をするしかないのかも。

俊君に浮気をされたショックと、頭のてっぺんから足の爪先まで雨で濡れてしまっている状態で、私はもう物事を普通に考えることができないでいる。

もうどうでもいいや……と、すっかり投げやりな気持ちになった、その時だった。

「百瀬？」

背後から聞き慣れた声がして、振り向くとそこには傘を差した御子柴さんがいた。

「お前っ、大丈夫か⁉」

駆け寄ってくると、雨に打たれてずぶ濡れの私の頭上に、自分が差していた傘をそっとかざしてくれた。

どうしてここにいるんだろう……と、私は御子柴さんをぼんやりと見つめる。

「デートはどうしたんですか？」

今日は珍しく定時で上がって、可愛い彼女とデートなんじゃないの？　それなのに、どうして職場に戻ってきているんだろう。

「はぁ？　デート？　よくわからんが、お前こそ、どうして事務所の前にいるんだ。こんな時間まで仕事でもしてたのか？　……って、いつも定時上がりのお前が、残業なんてするわけないか。いや、でも待てよ。もしかしてこの突然の雨は、珍しくお前が残業をしていたせいなのか……」

なんだろう、この嫌味な感じ。確かに、私は定時で上がることが多い。でも、たまには残業だってする。今日は違うけど。

でも、そんな普段通りの御子柴さんの態度に、なぜかとてもホッとしている自分がいる。それと同時に、今までピンと張りつめていた糸がプツンと切れた気がした。

「御子柴さぁぁぁん」

気がつくと、私は御子柴さんの腕に思い切りしがみついていた。

「おい、百瀬。どうしたんだ」

突然、泣きながら飛びついてきた私に、普段はポーカーフェイスの御子柴さんが、わかりやすく困惑した表情を浮かべている。でも、今の私はそんなことを気にすることすらできない。

「助けてください。私、どうしたらいいでしょうか」

顔を涙でぐしょぐしょにさせながら、御子柴さんを見上げる。

「帰る家もないし、お金もないし、スマホもないし、傘もないし、どうしたらいいですか、私」

「待て。落ち着け。俺にはお前の今の状況がさっぱりわからん」

ポロポロと涙を流しながらしがみつく私と、そんな私をなだめる御子柴さん。そんな私たちを、すれ違う人たちが何事かと視線を向けながら、通り過ぎていく。

泣き崩れる私は、もう自分で自分がコントロールできない。雨なのか、涙なのかわからない雫《しずく》が頬をつたい、顔はもうぐちゃぐちゃだ。

「よくわからないが、とりあえず場所を変えるぞ。これ持って、ちょっと待ってろ」

御子柴さんは私からするりと離れて、持っていた傘を私に渡す。

そして、自分が濡れるのもかまわずに車道へと向かい、ちょうど通りかかったタクシーを止めて戻ってきた。

「歩けるか」

御子柴さんに支えられながらタクシーに乗り込むと、冷たい外の空気から一転、車内のもわっとした暖かな空気に包まれた。

後部座席に座ると同時に、運転手さんから「どちらまで」と声をかけられる。御子柴さんがどこかの住所を告げると「わかりました」と、タクシーは雨に濡れる都会の街をゆっくりと走り始めた。

雨に打たれたせいなのか、泣いたせいなのか。揺れる車内で、だんだんと瞼《まぶた》が重たくなっていく。

あ、もうダメだ――。

そこで私の意識はプツンと切れた。

同居

「うっ……」

うっすらと瞼を開けると、見慣れない天井が目に入った。

うちの天井って、こんな色で、こんなに高かったかな？　それに、なんだか今日はいつもよりもベッドが広く感じる気がする。

そういえば昨日、アパートを飛び出してきたんだっけ……。

寝起きのぼんやりとした意識の中で、昨夜の出来事を順番に思い出していく。

昨日は、仕事が終わって汐里とご飯を食べたあと、アパートに帰ると俊君と知らない女性がベッドで寝ていた。その光景に、すぐに俊君の浮気だと確信した私は、アパートを飛び出して、気がつくと御子柴設計事務所のビルの前に来ていた。

そこで御子柴さんに会って、思わず泣いて抱きついてしまった。それからタクシーに乗せられて……そのあとは、どうしたんだっけ？

そこからの記憶は、ぼんやりとしかない。確か、タクシーの揺れが心地よくて、だんだんと睡魔に襲われて、目を閉じたような気がする。そして、気がついたらこの部屋で目を覚ましたのだけど……。
ここは、どこだろう？
身体を起こして、周囲を見回す。八畳ほどの大きさの部屋には、私が今寝ている
ベッドがひとつ置かれているだけ。ほかの家具といえば、ブラウンのカーテンが閉め
られた窓の近くにある広々としたデスク。その上には、職場でよく見かけるような建
築模型がいくつか置かれていて、完成している物もあれば、まだ作りかけの物もある。
まるで誰かの部屋のようだ。
でも誰の部屋だろう？
そこでふと、自分が着ている服に違和感を覚えた。
視線を下に向けると、グレーボーダーの上着にグレーのズボン。全く見覚えがない
うえ、上下ともサイズが合っていなくてぶかぶかだ。デザインも明らかに紳士物だし。
私、どうしてこんな服を着ているんだろう？
昨日まで着ていたはずの自分の服を探してみたものの、どこにも見当たらない。
すると、部屋の扉がゆっくりと開く音がして、ビクッとそちらに視線を向けた。
「起きてたのか」
そこから顔を覗《のぞ》かせたのは御子柴さんだった。

え、どうして御子柴さん？

そういえば、昨夜タクシーへ乗り込んだ時、彼も一緒だったことを思い出す。

ということは、もしかしてここは御子柴さんの自宅？

私の視線が、自然とデスクの上に置かれた建築模型へと移動する。

紙のような素材で作られたその模型と同じような物を、職場で御子柴さんが黙々と作っている姿をよく見ている。

やっぱり、ここは御子柴さんの自宅なんだ。

そう確信できた私は、慌ててベッドから飛び下りる。

「あ、あの、御子柴さん。昨日は、すみませんでした」

フローリングの床に正座をすると、私は勢いよく頭を下げて謝罪の言葉を口にした。

そんな私を見下ろしながら、御子柴さんは深く息を吐き出すと、セミダブルのベッドの上にどっかりと腰を下ろした。

「ったく。突然、人目もはばからずに号泣したかと思えば、泣き疲れて寝るとか、お前はガキか。声かけて揺らしても、頬をつねって叩いても、全く起きやしない」

それを聞いて、思わず自分の頬に手を添える。つねられて叩かれたなんて、私の頬がかわいそう。

なんて、自分の頬の心配をしている場合ではない。

御子柴さんは、長い足を組むと、射抜くような鋭い視線を私に寄越した。

三年間、一緒に仕事をしているからわかる。今の御子柴さんは、かなり怒っている。

「仕方ないから俺の家に連れて帰ってきたが、寝ているお前をここまで運ぶのがどれだけ大変だったか、わかるか」

「はい。すみませんでした」

ここが御子柴さんの自宅だということは、もしかして……。

「あの、ちなみに私が今着ている服って」

「俺のだ」

ですよね。そうだとは思っていたけど、やっぱり御子柴さんの服だよね。

「えっと、じゃあ私の服は？」

「雨でずぶ濡れだったから、洗って乾かしてある」

「そうなんですね。ありがとうございます」

深々と頭を下げながら、あれ?と、もうひとつ疑問が生まれる。

私は、この服をどうやって着たんだろう?

寝て起きたらこの服に変わっていた。自分で着替えた覚えは全くない。そうなると、誰かが着替えさせてくれたということになる……。

恐る恐る顔を上げると、御子柴さんと視線がぶつかった。

「あの、この服を着せてくれたのって……」

「俺に決まってるだろ。濡れた服のままのお前を寝かせたら、ベッドが濡れる」

やっぱりそうだよね。それしかないよね。おそらくそうだろうとは思っていたけど、本人の口から聞くと、なんだかすごく恥ずかしい。

今日は、どんな下着を着ていたっけ。

上着の襟元から中を覗き込むと、ピンクの花柄。私は、思わず胸の前で手をクロスさせながら、ベッドに座る御子柴さんを見上げる。

「み、み、見ましたよね？」

「ああ」

即答だ。しかも恥ずかしくて動揺している私とは違って、御子柴さんは表情ひとつ変えずに、冷静で。

「安心しろ。ただ服を着替えさせただけで、お前の下着姿に何も感じてない。それに、もう忘れた」

「そ、そうですか」

どうやら御子柴さんにとって、私の下着姿はそれほど記憶に残らないものだったらしい。ホッとしたような、女性として虚しいような、複雑な気持ちだ。

「でも、せめて上下ぐらいは揃えたらどうだ。上はピンクの花柄で、下が青のボーダーって、色も柄も違いすぎだろ。男がその気になって脱がせてそれじゃあ、さすがに萎《な》えるぞ」

ちょっと！　さっきは忘れたって言ったくせに、私の下着の色や柄までしっかり覚えてるじゃん！　しかも、上下を揃えろだなんて、そんなアドバイス、御子柴さんにされたくない。

恥ずかしくて、今すぐにでもこの部屋から飛び出していきたい――。

でも……そっか、私には帰る家がないんだった。

「それで、昨日は何があったんだ」

御子柴さんが、いつもよりもさらに低い声でそう尋ねてきたので、私は視線を落とすと、下唇をきゅっと噛みしめた。

同棲中の彼氏に浮気をされて、何も持たずに自宅を飛び出してきました。そんな惨めなプライベートは、できれば御子柴さんには打ち明けたくない。

「言いたくないです」

小さな声でそう答える。

「言え」

御子柴さんは納得してくれない。

「俺に散々、迷惑かけたんだ。昨夜、何があったのか、きちんと話せ」

御子柴さんは腕組みをしながら、じっと私を見下ろす。

確かに、昨夜は号泣しながら御子柴さんに抱きついてしまったし、今もこうして自宅にお世話になっている。ご丁寧に、雨で濡れた服まで着替えさせてもらったし。

御子柴さんの言う通り、この状況で、昨夜私に起きた出来事を話さないわけにはいかないのかもしれない。

私はゆっくりと息を吸い込むと、はぁと小さく吐き出した。それから、昨夜の出来事をすべて御子柴さんに打ち明ける。

「なるほどな。彼女と同棲中のアパートに堂々とほかの女を連れ込んで浮気か。アホな男だな、お前の彼氏は」

私の話を聞き終えた御子柴さんが、吐き捨てるようにそう言った。それに対して、なぜか私は反論の言葉を口にしてしまう。

「俊君は、アホなんかじゃないです。そんな言い方、しないでください」

言いながら、どうして私は俊君をかばっているのだろう、と疑問が浮かぶ。

御子柴さんの言う通り、俊君は私と一緒に暮らしているアパートに浮気相手を連れ込み、堂々と浮気をしていたアホ彼氏なのに。

それでもかばってしまうのは、私がまだ俊君のことが好きだから？

もしかしたら、昨日の出来事はすべて夢なのでは、と心の隅で思っているから？

そんなことないのに。

私も相当なアホ女だ。浮気をされてもまだ好きだなんて、重症かもしれない。でも、七年も付き合った初めての彼氏を、そう簡単に忘れることもできない。

「それで、お前はこれからどうする気だ」

御子柴さんの声に、ハッと我に返った。

浮気現場を目撃してしまったのがショックで、先のことなど何も考えられなかった。だけど、私は彼氏も家も同時に失ったんだ。

「とりあえず、しばらくはどこか泊まれる場所を探します。それから、新しい家も探さない……と」

言いながら気がついた。

そんなお金はないかもしれない。

というのも、実は先月、両親の結婚三十年記念として豪華ハワイ旅行をプレゼントした。その時にかなり奮発してしまい、貯金のほとんどを使い果たしてしまっていた。最後に通帳を見た時の残高は、確か十万ほど。あれから多分、スマホやクレジットカードなどのお金が引かれているから、今はもう少し減っているはず。給料日もまだ先だし。

今の全財産で、新しい家を借りて引っ越しをしたり、生活に必要な物を一から揃えたりできるだろうか。

き、厳しい気がする……。

自分がかなりピンチな状況に置かれていることに気がついて、だんだんと焦ってきてしまう。

どうしよう、どうしよう。

心の中のそんな動揺を、御子柴さんに気づかれないようにするけれど——。

「どうした」

突然、口を閉ざした私を不思議に思ったのか、声をかけられてしまった。

「な、なんでもないです」

笑ってごまかすものの、御子柴さんの視線は鋭い。

でも、言えるわけがない。両親の結婚記念プレゼントの海外旅行で調子に乗ってしまい、貯金の残高がわずかなんて、御子柴さんには絶対に言えない。

もし言ったら呆れられるし、「お前はどこまでアホなんだ」って、きっと怒られる。

それでも、どうしても両親にハワイ旅行をプレゼントしたかったんだから、仕方がない。

子供の頃からドジばかりで、どこか抜けた性格のひとり娘のことを、両親はいつも心配してくれた。そんなふたりに、私も今は東京で頑張って働いて、こんなに大きなプレゼントをできるまでに成長したところを見せたかった。

ただ、ハワイ旅行だけなら貯金の半分を使うくらいで済んだのだけれど、飛行機やホテルのランクを上げたり、豪華なレストランを予約したり、母親のために高級エステを用意したり……。

様々なオプションをつけ足していったところ、かなりの予算オーバーになってしまった。でも、もうここまできたら、かなりの豪華旅行にしてあげようと思ったのがいけなかった。

残金がわずかになってしまったことはショックだった。でも、生活はこのまま普通に続けられるはずだった。家賃や生活費は折半しているから足りると思ったし、お給料が入れば貯金も少しは増えるから大丈夫と、呑気《のんき》にかまえていた。

でも、状況がだいぶ変わってしまった。

あの時は、まさか俊君と別れて家を飛び出すなんて、少しも思っていなかったから。

「お前、金がないんだろ」

不意に聞こえた御子柴さんの言葉に、思わず「え？」と返してしまう。

「今のお前に、新しい家を借りて生活に必要な物を揃えるだけの金がないんだろ」

ずばり御子柴さんに言い当てられ、私はどう返事をしていいのかわからない。

どうしてそんな私の金銭事情を、御子柴さんが知っているんだろう。話した覚えはないんだけど。

そんな私の疑問を察したのか、御子柴さんが静かに口を開いた。

「この前、佐原と話していただろ」

「佐原さんとですか？」

「ああ。両親に海外旅行をプレゼントして、貯金をほとんど使い果たしたって」

そういえば、いつかのお昼休憩の時、事務所内のデスクで佐原さんと一緒に昼食をとりながら、何気なくそんな会話をした覚えがある。

あの時の御子柴さんは、自分の席で黙々とパソコンに向かって図面を描いていた記憶しかない。

「御子柴さん、聞いていたんですか？」

「別に、聞きたくてお前たちの会話を聞いていたわけじゃない。話し声が俺のデスクにまで届いてきたんだ」

事務所はそれほど広くはないので、私と佐原さんの会話が御子柴さんのデスクに届いてもおかしくはない。

でも、確かあの時の御子柴さんは、耳栓をして仕事をしていた気がする。普段から、パソコンで図面を描く時は、余計な雑音を少しでも減らして集中したいという理由からそうしていて、あの日もいつもと同じように耳栓をつけていた。

私と佐原さんも、それほど大声で話していたわけではないので、御子柴さんには聞こえていないと思っていた。

でも、知っているのだから聞こえていたのだろう。それにしても、その時の会話の内容を覚えているなんて。

「それで、今のお前の全財産はいくらだ」

「えっと、十万……あ、いや、正確にはそんなにないかも」

ボソボソと小さな声で正直に答えると、御子柴さんは呆れたように軽く息を吐く。

「それだけか……。まぁ、探せばどこかのアパートぐらいは借りられると思うが、ずいぶんと限られてくるだろうな。女のひとり暮らしなんだから、どこでもいいってわけにいかないだろ」

「そうですよね」

家賃の低い家は、やっぱりそれなりの設備だと思う。ちょっと心配だ。

「そこで御子柴さんにご相談なのですが」

「なんだ」

私は恐る恐る口を開く。

「えっとですね、二ヵ月ほどのお給料を前借りさせていただくことは可能かなと思いまして――」

「ダメに決まってるだろ」

「で、ですよねぇ」

アハハと笑い飛ばして、質問をごまかすことにした。

ダメもとで相談してみたけれど、厳しい御子柴さんにはやっぱり通用しなかった。

でも、当たり前だ。お金がないのは自分の都合なのに、給料の前借りをねだるなんて図々しい。それでも、今はそうしないとお金が工面できない。

しょんぼりと肩を落とした私を見兼ねたのか、御子柴さんが大きなため息をついた。

「仕方ない。住むところは、俺がなんとかしてやる」

その言葉に、顔を上げて目をパチパチとさせる。

「ほ、本当ですか？」

「ああ。特別に今日から住めるようにもしてやるよ」

「おお！」

果たして、そんな素敵な物件があるのか不思議に思えてきてしまう。そもそも、私、お金がないんだけど……。でも、御子柴さんがなんとかすると言ってくれているのだから、なんとかなるんだと思う。

御子柴さんの知り合いの不動産関係かな。この業界では顔が広そうだから、どこかにあてがあるのかもしれない。しかも、即入居可能なんて。

やっぱり持つべきものは、普段は怖いけど、いざという時、頼りになる完璧上司だ。

「ありがとうございます。とても助かります」

御子柴さんに深く頭を下げた。

「とりあえずいったんアパートへ帰ります。スマホや財布とか、大事な物をすべて置いてきてしまったので、取りに戻らないと」

正直、帰りたくはない。

平日なら、俊君は仕事で留守にしている。だけど今日は土曜日で、仕事は休み。だから家にいるかもしれない。昨日の今日で、どんな顔をして会えばいいのかわからなかった。

すると、「俺も一緒に行くか」と、御子柴さんがベッドから腰を上げた。

「貴重品だけじゃなくて、ほかの荷物も取りに帰らないといけないだろ。車、出してやるから今から行くぞ」

「えっ⁉」

今から？

「とりあえずシャワー浴びて、服を着替えろ。お前の服ならもう乾いてるから」

行くぞ、と御子柴さんが部屋を出ていこうとするので、私は慌てて立ち上がる。

「あっ、待ってください、御子柴さん」

ずっと正座をしていたせいで足がしびれてしまった。その痛みに耐えながら、なんとか足を動かして御子柴さんのあとを追いかけた。

「ここか」

築四十年以上経つ二階建て木造アパートは、御子柴さんの住むデザイナーズマンションとは違ってどこか古っぽい外観だ。

「なかなかレトロだな」

アパートを見上げながら、御子柴さんが呟く。

〝レトロ〟と言葉を選んではいるものの、要は築年数の経っているおんぼろアパートということだ。

御子柴さんが運転してきた白の、おそらく高級車は、近くのコインパーキングに駐車してある。

「何階の部屋だ」

御子柴さんが振り返り、尋ねてきた。

「二階の二〇二号室です」

そう答えながらも、私は部屋へ行くのをずっとためらっている。荷物を取りに帰りたい。でも、俊君が部屋の中にいたらどうしよう。もしも、今も浮気相手の女性と一緒だったら……。気まずい。気まずすぎる。

そんな私の気持ちなんておかまいなしの御子柴さんは、部屋の場所を聞くなり、さっそく階段を上り始めてしまった。

「早くしろ。行くぞ」

「は、はい」

私も御子柴さんのあとを追って、階段を上る。部屋の前まで来たところで、ハッとあることに気がついた。

私、鍵がないんだった……。

部屋に置き忘れてきてしまったカバンの中に入れたままだ。

そっとドアノブに手を伸ばして回してみた。

開かない。昨夜、私が飛び出したあとで、俊君が鍵を閉めたのだろう。

「鍵がかかっていて、開かないです」

ドアノブに手をかけたまま、御子柴さんを振り返ると、すぐに言葉が返ってくる。

「開かないなら開ければいいだろ」

「無理です。鍵の入っているカバンを、家の中に置いてきてしまったので」

「お前なぁ……」

御子柴さんは、呆れたような表情で私を見下ろすと、深いため息をついた。

「それなら、部屋の中から開けてもらえ。彼氏は、今日は家にいないのか」

御子柴さんがインターホンへ手を伸ばしたので、「ま、待ってください」と、私はとっさにその手をギュッとつかむ。

「こ、心の準備が……」

俊君に、どんな顔をして会えばいいのかわからない。

私は、御子柴さんの手を握りながら、深呼吸を繰り返す。第一、家の中に俊君がいるとは限らない。もしかしたら留守にしている可能性もある。

息を吸っては吐いてを数回したところで、「まだか」と御子柴さんの鋭い声が飛んでくる。

「もう少しだけ、待ってください」

なかなか心の準備ができない。

もしも、家の中に俊君と浮気相手の女性がいたらどうしよう。ふたりが一緒にいるところをもう見たくない。

「お前、いい加減にしろよ」

そんな私に待ちくたびれたのか、御子柴さんの怒りを含んだ声が耳に届く。

「何をそんなにビクビクしてんだ。もし、彼氏と浮気相手がこの部屋の中に一緒にいたとしても、今のお前には俺がいるだろ」

「え……」

「ひとりだと不安だと思って、俺がついてきたんだ。何も心配するな。もし、彼氏と浮気相手がこの部屋にいたとしても、今日は二対一じゃない。お前には俺という味方がいるから安心しろ」

御子柴さんの手が私の頭にポンと載せられる。そのまま乱暴に頭をくしゃくしゃと撫でられた。

そんな御子柴さんらしくない行動に、不覚にも一瞬ドキッとしてしまう自分がいる。御子柴さんは、私の荷物を運ぶのを手伝うために、ここまでついてきてくれたのだと思っていた。でも、本当は私のことを心配して、一緒に来てくれたんだ。

仕事中はとにかく厳しくて、よく怒るし、普段は口数が少ないのでぶっきらぼうで冷たい人に思えてしまう、なのに突然、そんなさりげない優しさを見せられて、胸がジンと熱くなる。

「私、中へ入ります」

御子柴さんの言葉に励まされ、私は覚悟を決めた。

だって、私は何も悪くない。悪いのは、浮気をした俊君なんだから。私は毅然とした態度を取っていないと。

インターホンを押そうと手を伸ばした、その時だった。

玄関の扉が内側からゆっくりと開く。

「……雛子？」

少しだけ開いた扉の隙間から顔を覗かせたのは、俊君だった。

玄関の外での私たちのやり取りが、部屋の中まで聞こえたのかも。

「あ、えっと、おはよう」

俊君と目が合った瞬間、さっきまでの奮い立った気持ちが崩れてしまった。

やっぱり無理だ。俊君の顔を見ただけで、いろいろな感情が押し寄せてくる。

「荷物、取りに来たんだけど……」

なんとか、その言葉だけを絞り出す。

すると、私の少し後ろにいた御子柴さんが一歩踏み出し、私の隣に並ぶ。

「初めまして。百瀬の上司の御子柴です。事情は昨日こいつから聞かせてもらった。それで、こいつの荷物を取りに来たんだが、入ってもいいか」

気のせいかな。御子柴さんの声がいつにも増して低くピリピリしている。

真面目な御子柴さんのことだから、きっと浮気者の俊君のことを同じ男として怒っているのかもしれない。

男性の平均身長よりも少しだけ高い俊君だけど、不機嫌な表情を浮かべた長身の御子柴さんに見下ろされて、完全に圧倒されてしまっているようだ。

「ど、どうぞ」

俊君が身体を小さくさせて玄関の端によけると、私は部屋の中へと足を踏み入れた。資源ゴミの日に出そうと思って、小さく畳んで置いてあった段ボールを三つほど組み立てると、服などを詰め込んでいく。

狭い部屋だし、もともとそんなに私の物はない。

荷物を詰めている間、俊君は私のそばにいて、何かを言いたそうにそわそわと落ち着かない。

きっと、昨夜の浮気のことを話そうとしている。でも、今は何も聞きたくない。だから、俊君がそっと近づいてきて話しかけられそうになるたびに、私は逃げるように移動して、荷物を段ボールへと詰め込んでいく。

三十分ぐらいで、私の物のほとんどが部屋からなくなった。荷物の入った段ボールは、御子柴さんが車まで運んでくれた。

もう、この部屋に用はない。足早に玄関へと進むと、そのあとを俊君がついてくる。

「あのさ、雛子――」

「あ、そうだ！　食器とかはそのまま使ってもいいし、誰かに譲ってもいいし、捨ててもいいからね」

俊君の言葉を別の話にすり替えた私は、玄関で急いで靴を履き、扉を開けて外へ出る。そこには、壁に背中を預けて立っている御子柴さんの姿があった。

「お待たせしました」

そう声をかけると、御子柴さんは何も言わずに歩き始める。その背中を追って、私も早くアパートをあとにしようとしたところ、後ろから腕をつかまれてしまった。

「雛子、待って」

振り返ると、俊君と目が合った。

「ごめん。謝っても許してもらえないと思う。でも俺――」

「聞きたくないっ」

私は目をギュッと閉じて、首を横に何度も振った。

「何も聞きたくない」

「雛子」

俊君は、そんな私の腕をつかんだまま離そうとしてくれない。

「昨日の夜のこと、雛子にしっかりと話したいんだ」

「やだ。今は、何も聞きたくない」

きっと、私は俊君から別れを告げられる。俊君が選んだのは私じゃなくて、昨夜の彼女だ。それを俊君の口から聞くのが、今はまだ怖い。

「聞いてよ、雛子」

私の腕をつかむ俊君の手の力が、どんどん強くなっていく。痛くて顔を歪めた時だった。

「もう、やめておけ」

いつもの低い声が、すぐ近くで聞こえた。御子柴さんの手が、私の腕をつかむ俊君の手をそっとはがしてくれる。

「嫌がってるだろ。今日のところは、そのへんにしておけ」

御子柴さんは冷静な声で俊君に告げると、私の肩に手を回し、そのままぐいっと引き寄せた。そして、私にしか聞こえない小さな声で「行くぞ」と声をかける。

そのまま支えられるようにして、私は約四年間暮らしたアパートをあとにした。

シトラスの香りが漂う車内には、しっとりとした洋楽が流れている。英語ができない私には、男性歌手が歌う歌詞を少しも理解できない。でも、そのメロディーは心に染みる。

御子柴さんの運転する車は、昼間の都内を走り抜けていく。

助手席の窓から流れる景色を眺めながら、私は俊君との七年間を思い出していた。

もう、俊君と会うことはないのかもしれない。そう思ったら、途端に切ない気持ちに襲われる。

スカートのポケットに入れていたスマホを取り出し、画面をスワイプさせれば、俊君とのツーショットの待ち受けが出てきた。

この写真を撮った時、私たちはまだ大学生で、お付き合いを始めたばかりの頃だった。ふたりとも楽しそうに笑っていて、待ち受けにするほど私のお気に入りだ。

でも、これももう消さないといけない。浮気をした彼氏を待ち受けにしているなんて、未練がましいから。いや、正直なところ、未練はかなりあるんだけど。

結局、待ち受けを消すことはできなくて、私はスマホをそっとスカートのポケットへと戻した。

ふと、横目で、ハンドルを握る御子柴さんを見る。

これから新しい家へ私を連れていってくれるらしい。今日から入居が可能なんだとか。だけど、本当にそんな都合のいい物件があるのだろうか……？　だんだんと怪しく思えてしまうものの、御子柴さんが紹介してくれるのだから、信用はできる。

ただ、どうしても気になることがある。

「御子柴さん。物件のことで、ひとつだけ確認してもいいですか？」

「なんだ」

運転中のため、視線を前に向けたまま答えが返ってくる。

「私の新しい家の家賃は、おいくらでしょうか？」

これは、今の私にとってすごく大事なことだ。ほとんど貯金がないので、なるべく家賃は抑えたい。

「家賃はタダだ」

「えっ、タダ？」

思わず聞き返してしまう。

念のため、「家賃、いらないんですか？」と、もう一度確認する私に、御子柴さんは「ああ」と頷いた。

「家賃も敷金礼金もない。食費は多少出してもらうことになると思うが、光熱費などの生活費もいらないし、そのうえ家具家電もすべて揃っている」

「えっと……」

そんな素敵すぎる条件を聞きながら、だんだんと嫌な予感がしてきた。

そんな好物件、あるのだろうか。いや、絶対にない。でも、もし、あるとしたら。

「ちなみにその物件って……」

恐る恐る尋ねる私に、御子柴さんは答えた。

「俺の家だ」

ああ、やっぱり。

御子柴さんの紹介の物件なら安心できるし、多少のことは目をつぶろうと思った。でも、まさか彼の自宅だなんて。

「えっと……つまり、私は今日から御子柴さんと一緒に暮らすってことですか?」

「そうなるな」

御子柴さんは表情ひとつ変えずに、深く頷く。

「給料を前払いすることはできないが、引っ越し代や、新しいアパートを借りられるだけの金が貯まるまで、俺の家を貸してやることはできる。ちょうど一部屋余っているから、好きに使ってもらってかまわない」

「本当にいいんですか?」

思わず聞き返してしまう。

「私が御子柴さんの家に暮らしても、問題ないんですか?」

「問題ってなんだ」

御子柴さんが、低い声でそう返す。

「あ、いや、ほら。私がここに暮らしたら、その……彼女さん、怒らないかなぁと思って」

「……彼女？」

そう呟いた御子柴さんの眉間に、深い皺が刻まれる。これは機嫌が悪くなる時の前兆だ。彼女のことを話しただけなのに。

「おい、彼女ってどういうことだ」

「だって、御子柴さんには可愛い彼女がいるんですよね？」

「はぁ？」

不機嫌そうな声を出すと、一瞬、ちらっと私へ視線を向けた。

「俺に彼女なんて、いるわけないだろ」

「いないんですか？」

「ああ。いない」

御子柴さんは、はっきりと否定した。

あれ？　でも、そうなると佐原さんの言っていたことと違う。御子柴さんには、可愛い彼女がいると言っていたはずだけど。

佐原さんが私に嘘《うそ》をつくとは思えないし、そもそも彼女がいるなんて嘘を私につく必要はどこにもないはず。

佐原さんと御子柴さん。どっちの言葉を信じればいいんだろう。

「でも、佐原さんが言ってましたよ。御子柴さんには可愛い彼女がいるって」

「佐原が？」

御子柴さんはしばらく何かを考え込むように黙っていたけれど、「なるほどな」と、深いため息をついた。

「お前、あいつに騙されたな」

「騙された？」

どういうことだろう……。

信号が赤に変わり、車はゆっくりと止まった。たくさんの人が、目の前のスクランブル交差点を渡っていく。

「ったく、佐原のヤツ。この前、飲みに行った時に余計なこと喋《しゃべ》るんじゃなかった」

御子柴さんはハンドルから離した片手で、自分の髪をわしゃわしゃとかき回す。

「で、お前はどうするんだ？」

「え？」

「え、じゃなくて。しばらく俺の家に住むのか、住まないのか、どうするんだ」

「えっと……」

正直とてもありがたい申し出だとは思う。とりあえず、あの家に住まわせてもらいながら、引っ越し代を貯めて、新居を探すのもアリかもしれない。

彼女がいないこともわかったので、おそらく迷惑にはならなそうだし、御子柴さん本人が空き部屋を使っていいと言ってくれている。

彼氏でもない男性と同じ家で過ごすのはどうなんだろうとも思う。でも、職場の上司なら安心だし、信頼できる。

「そう言っていただけるなら、お言葉に甘えて、引っ越し代が貯まるまでお世話になろうと思います」

ペコリと頭を下げると、御子柴さんは「ああ」と深く頷いた。

「ただし、佐原には言うなよ。いろいろと面倒だ」

一体、何が面倒なのかはわからないけど、御子柴さんがそう言うなら、佐原さんには内緒にしておこう。

「わかりました。佐原さんには喋りません」

はっきりとそう伝えた私の頭に、御子柴さんの左手がポンと軽く載せられる。

「どうだかな。お前のことだから、うっかり喋りそうで不安だ」

そう呟くと、御子柴さんはからかうように、また私の髪の毛をわしゃわしゃとかき回した。

そんな不意の行動に、思わずドキッとしてしまう。

信号が青になると、御子柴さんの左手はハンドルへ戻り、ゆっくりと車が発進した。


しばらくすると、車はオシャレなマンションが建ち並ぶエリアへと入っていった。

その一角に、御子柴さんの住むデザイナーズマンションもある。

間取りは3LDK。私が貸してもらうことになったのは、彼が普段、建築模型を作る時にだけ使っているという八畳ほどのシンプルな部屋だ。

ベッドと建築模型が並べられたデスクしかない。だけど、長く滞在するつもりはないので、とりあえず眠れる場所があれば充分。

アパートから運んできた段ボールを広げて、普段使う物を取り出していると、部屋の扉がノックされて、御子柴さんが顔を覗かせた。

「腹、減ってるだろ。リビングへ来い。昼飯、用意してやるから」

それだけを告げると、彼は部屋をあとにした。

今はちょうどお昼の時間帯。私は思わず自分のお腹に手を当てる。

そういえば、今朝は何も口にしていなかった。いろいろありすぎて、食欲もなかったし。だけど、アパートから荷物を運び出し、とりあえずの住む場所も決まった今になって、ようやく少し空腹を感じてきた。

部屋を出て、廊下の突き当たりにあるリビングへと向かう。閉められた扉を開けようとドアノブに手をかけたものの、なんとなく入るのをためらってしまう。

本当に入ってもいいのかな……？

改めて自分が今、上司である御子柴さんの家にいることを実感して、緊張してきてしまった。

でも、来いと言われたし……。

私はひとつ息を吐いて覚悟を決めると、コンコンとドアをそっとノックする。

「失礼します」

そう声をかけると、御子柴さんの低い声で「入れ」と返事が聞こえた。ゆっくりと扉を開け、日差しがたっぷりと差し込む明るいリビングへと足を踏み入れる。瞬間、美味《おい》しそうな香りが鼻をかすめた。

ダイニングスペースにある立派な対面式のキッチンでは、御子柴さんが片手でフライパンを器用に揺すっているところだった。目が合うと「そこに座っていろ」と声をかけられる。

促されるまま、私はダイニングテーブルの椅子を引き、ゆっくりと腰を下ろした。背筋をピンと伸ばして座っていると、「おい、百瀬」と御子柴さんに声をかけられる。

「リビングに入るのに、いちいちノックなんかしなくてもいいから。遠慮せずに、自分の家のように自由に使ってもらってかまわない」

「は、はい。ありがとうございます」

そうは言われたものの、なんだか落ち着かない。意味もなくリビングの中をぐるぐると見渡してしまう。

二十畳ほどの広々とした部屋には、六十インチ以上はありそうな大型テレビのほか、L字型のソファ、ガラスのローテーブル、そして私が座っているダイニングテーブルだけが置かれている。全体的にすっきりとした部屋だ。

そんなシンプルなリビングでひと際目を引くのが、壁に埋め込まれている大きな本棚だ。天井にまで届きそうな高さがあり、そこには建築関係の本や雑誌、世界各国の様々な建築物の写真がびっしりと並べられている。

ほかにも、おそらく御子柴さんがこれまでに取った賞のトロフィーが一緒に並べて置かれている。その数の多さは、さすが今をときめく人気建築家。改めて、御子柴さんのすごさを実感していると「できたぞ」と声をかけられた。

振り向くと、エプロン姿の御子柴さんが、テーブルの上にオムライスのお皿を置いてくれた。卵がふんわりとしていて、とても美味《おい》しそう。

でも、それよりも私がさっきから気になっているのは、御子柴さんの姿だ。

膝下までのロング丈のエプロンは、シンプルなカーキ色のデザインで、御子柴さんにとてもよく似合っている。以前、佐原さんから御子柴さんの趣味が料理だと聞いたことがあった。でも、マイエプロンを持つほど本格的だったとは。忙しい仕事の合間をぬって、料理を楽しんでいる御子柴さんの姿を想像してしまう。

職場ではいつも厳しい上司の貴重なエプロン姿をじっと見つめていると、「なんだ」と不機嫌な声を出されてしまった。慌てて「なんでもないです」と呟いて、そっと視線をそらす。

御子柴さんはエプロンを取ると、それを椅子の背もたれにかけてから、私の向かいの席に腰を下ろす。そして、自分の分のオムライスを先に食べ始めた。

私もスプーンを手に取ると「いただきます」と両手を合わせた。そして、トロトロの卵にスプーンを入れると、チキンライスと一緒に口いっぱいに頬張る。

「ん！　美味しい」

仕事中はいつも厳しくて、鬼のように怖い御子柴さんからは想像もできないほど、優しい味だ。

気がつくと、御子柴さんの手作りオムライスは私のお腹の中に消えていた。もったいないので、お皿に残るお米を一粒も残さないようスプーンですくっていると、向かいの席からフッと笑い声が聞こえた。

「お前、相当、腹減ってたんだな」

顔を上げると、口元を緩めている御子柴さんと目が合った。思わず、スプーンを持ったまま見惚れてしまう。

普段は無口でクールで、常に不機嫌そうな表情の御子柴さんが、控えめながらも笑っている。

御子柴さんと出会って三年が経つけれど、彼の笑顔をこんなに近くで見たのは今が初めてかもしれない。

御子柴さんって、笑うと目尻に皺ができるんだ。なんか可愛いかも。

怒ってばかりで怖い上司の、意外な可愛いチャームポイントを見つけてしまったことに嬉しくなって、顔がついついニヤけてしまう。

「おい、何、笑ってんだ」

「いえ、なんでもないです」

そう答えながらも、やっぱり自然と顔が緩んでしまう。

「変なヤツだな」と呟く彼からは、すでに先ほどの笑みが消えていて、いつもの不機嫌そうな表情に戻っていた。

「ああ、そうだ」

御子柴さんは思い出したように声をあげると、テレビボードの引き出しから何かを取り出して戻ってくる。

「これ、渡しておくから」

そう言ってテーブルの上に置いたのは鍵だった。多分、この家の合鍵だ。

「ありがとうございます」

受け取ったそれを手のひらに載せ、まじまじと見つめた。

これで、御子柴さんに二度もピンチを救ってもらったことになる。

一度目は、会社を辞めて新しい就職先を探していた時。御子柴さんが、自分の事務所に私を雇ってくれた。そして二度目の今回は、彼氏の浮気発覚で住む家を失くした私を、自分の家に置いてくれた。

本当に感謝してもし切れない。

「御子柴さん」

改めて、目の前の恩人をじっと見つめる。

「私、このご恩は絶対にお返ししますので」

そう言って、深々と頭を下げた。

普段からドジを踏んだりミスをしたりして、御子柴さんに怒られてばかりの私に、一体どんな恩返しができるのかはわからない。

でも、ピンチなところを救ってもらったこの恩は、絶対に返さないといけない。もしも、御子柴さんがピンチな状況に陥っていたら、今度は私が助けないと。そう思っていたけれど——。

「俺は、そういうつもりでお前を家に置くわけじゃない」

ぴしゃりと言われてしまった。

御子柴さんは、空になったグラスを手に取ると、席を立つ。そのままキッチンへ向かうと、冷蔵庫の中からミネラルウォーターの入ったペットボトルを取り出した。それをグラスに注ぎながら静かに口を開く。

「俺はただ、お前のことが心配なだけだ」

「え……」

私のことが、心配？

まさか、そんな優しい言葉を御子柴さんの口から告げられるとは思わず、つい口をポカンと開けてしまう。

一方の御子柴さんは、ミネラルウォーターがたっぷりと入ったグラスに口をつけると、それをごくごくと勢いよく飲み干した。

翌朝は、普段よりも少しだけ早く目が覚めた。まだ六時前。朝に弱く、目覚まし時計の力を借りないと起きられない私にしては珍しい。

今日は、日曜日なので仕事は休みだ。いつもならまだ寝ているはずの時間帯だけど、慣れないベッドで寝たせいか自然と早起きをしてしまった。

カーテンを開けると、外はまだ太陽がのぼり切っていなくて薄暗い。

パジャマ代わりに着ている長袖Tシャツの上から、さっとカーディガンを羽織ると、私はそうっと部屋を出た。

御子柴さんは、まだ寝てるのかな。

昨夜は遅くまでリビングで仕事をしていた気がする。寝ているとしたら、起こしたらいけないと思い、音をたてないよう静かにゆっくりと廊下を進む。

突き当たりにあるリビングの扉を開けると、ふわっと美味しい香りが私を迎えてくれた。

「もう起きたのか」

キッチンに立ち、ボウルの中身を菜箸で素早く混ぜていた御子柴さんと目が合う。

「お、おはようございます」

てっきりまだ寝ていると思っていたので、一瞬驚いてしまった。しかも、私よりも早く起きて、どうやら朝食の準備をしているらしい。

「御子柴さん、早起きですね。昨夜は遅くまで仕事していたみたいですけど、何時に寝たんですか?」

そう声をかけながらキッチンへ近づくと、ダイニングテーブルにはすでに何品かの料理が出来上がっていた。

「寝た時間か? 確か一時は過ぎてたな」

「じゃあ起きたのは?」

「五時」

「五時⁉」

早い。早すぎる。いつもそんなに早く起きてるの？　六時で早起きだと思っていた私よりも、さらに一時間も早く起きているなんて。

それに五時起きということは、睡眠時間が四時間しかなかったはず。それなのに御子柴さんには眠たそうな気配が全くなくて、目がシャキッとしている。

それに比べ、私はまだ眠い。休日なら、いつもはまだ寝ている時間帯だ。二度寝でもしようかな、なんて考えながら、ふわぁと小さなあくびをこぼす。

「すぐに朝食ができるから、そこに座って待ってろ」

御子柴さんがダイニングテーブルの椅子へ視線を投げる。どうやら二度寝はできないと悟った私は、おとなしく腰を下ろした。

ダイニングテーブルには、鮭の塩焼きと、キャベツをおかかであえた料理がすでに置かれている。

昨日のオムライスも美味しかったけど、どうやら御子柴さんは和食も得意らしい。

「何か手伝いますか？」

「いいから。お前はおとなしく座ってろ」

じっと座って待っているのも悪い気がして声をかけたら、一瞬で断られてしまった。

やることもないし、仕方ないのでキッチンで料理を続ける姿を眺める。

すでに着替えは済んでいるようで、下はグレーのスラックス、上は白のワイシャツ。料理中のためか肘《ひじ》のあたりまで腕をまくっていて、昨日と同じカーキ色のマイエプロンを着けている。

それにしても、今日は日曜日で仕事は休みのはずなのに、ずいぶんとかしこまった格好だ。髪も綺麗にセットされているし。

もしかして、どこかへ出かける用事でもあるのかな。

そんなことを思いながら、キッチンに立ち、慣れた手つきでフライパンを揺する御子柴さんを見つめる。

普段、仕事でしか付き合いのない上司の完全なプライベート姿は、もしかしたらとても貴重な光景なのかもしれない。

そのままじっと見つめていると、そんな私の視線に気がついたらしい御子柴さんが、ちらっと私に視線を向ける。

「何？」

不機嫌な声で聞かれてしまい、「い、いえ。なんでもないです」と、私は慌てて視線をそらした。

それから少しして朝食が完成した。

「できたぞ」

御子柴さんがダイニングテーブルにそっと置いたお皿には、ふっくらとした卵焼きが載っている。ほかにも、茶碗にたっぷりともられた白米と、小松菜とわかめの入ったみそ汁が運ばれてくる。

それとすでにテーブルに並んでいる鮭とキャベツのおかか和えが加わり、朝から旅館並みに豪華な朝食だ。

「よし。食べるか」

御子柴さんが私の向かいの席に腰を下ろすと、私たちは揃って朝食をとり始めた。

「いただきます」

まずはおみそ汁。口にした瞬間、体の内側からポッと温まっていく。

「美味しい」

昨日のオムライスと同様、優しくてホッとする味だ。シンプルだけど、出汁《だし》がよく利いていて、実家でよく母親が作ってくれたおみそ汁を思い出す。

続いて食べた卵焼きも、ふっくらとしていて美味しい。パクパクと一気に食べ進めてしまった。

こんな完璧な朝食は久しぶりかもしれない。俊君と暮らしていた時は、ふたりとも朝が弱くて、パン一枚とか、コーヒーを一杯だけとか、そもそも食べないで出かける日もあった。

御子柴さんは、毎日こんなにしっかりとした朝食を自分で作って食べているのだろうか。もしそうだとしたら、さすがだ。

家賃なしで住まわせてもらっているだけでもありがたいのに、こんなに美味しい朝食まで出してもらえるなんて。本当に、御子柴さんには感謝しないと。

仕事では、散々怒られる日々だけど、そんなことを忘れてしまうほど、今の御子柴さんは私にとって、大げさだけど神様仏様のように、ありがたい存在に思えてくる。ついつい拝みたくなるほどだ。

「おい。何してんだ、お前」

「あっ」

いけない。箸を持ったまま、本当にすりすりと拝んでしまっていた。

こほん、と軽く咳《せき》払いをしてから、お茶碗を持つと、箸でお米をすくう。ぱくっと口に入れたところで、御子柴さんから「百瀬」と声をかけられた。

「お前の今日の予定は?」

「私ですか？」

今日は、汐里と会う約束をしている。昨夜、俊君がやっぱり浮気をしていたことをメッセージで報告したところ【詳しく聞かせなさい】と返信がきて、今日、ランチをしながら話をすることになった。

「今日は友達と出かけてきます」

「そうか。俺はこれから打ち合わせが何件か入ってるから行ってくる。帰りは遅くなるが、気にせず飯食って先に寝てろ」

「わかりました」

休日なのにずいぶんとかしこまった格好をしているのは、どうやら今日もこれから仕事が入っているかららしい。

休日返上で仕事とは。今をときめく人気建築家は忙しそうだ。

「わぁ！　美味しそう」

運ばれてきたBLTサンドに両手を合わせる。「いただきまーす」と、さっそく食べようと手を伸ばしたところで、目の前の席に座る汐里に声をかけられた。

「あんたねぇ、呑気にそんなもの食べてる場合じゃないでしょ」

盛大なため息をつきながら、汐里が呆れたように言う。

ランチに選んだお店は、駅前に新しくできたばかりのカフェ。店内は主に若い女性客で満席になっていて、お昼時は平日休日関係なく行列ができるらしい。

汐里が予約しておいてくれたおかげで、私たちはすんなりと席に着けた。

お店のおすすめはサンドイッチで、それだけで十種類以上のメニューがある。本当はがっつりとカツサンドを食べたい。でも、今は節約の身だ。我慢して一番安いBLTサンドにしておいた。それでも五百四十円するけれど。

結婚式のためにダイエット中だという汐里も、本当は私と同じくカツサンドを食べたかったらしい。だけど、我慢してヘルシーな野菜と卵のサンドイッチを注文した。

サンドイッチが来るまでの間、俊君と別れることになった経緯を説明する。汐里は最初から最後まで、ぶすっとしていた。

すべてを話し終えたタイミングで、それぞれ注文したサンドイッチがテーブルに運ばれてきた。さっそく食べようとしたところを、汐里に止められてしまう。

「ほら、やっぱり私の言った通り浮気だった。しかも、雛子と一緒に住んでいる家に浮気相手を連れ込むなんて」

俊太のヤツめ、と汐里は相当、腹を立てているらしい。グラスの水を一気に飲み干すと、勢いよくテーブルの上に置いた。

「まぁまぁ、落ち着いてよ、汐里」

なぜか、当事者の私が汐里をなだめる形になっている。そんな私の態度が気に入らなかったのか、汐里の二重《ふたえ》の大きな瞳が私を睨む。

「ねぇ雛子、なんであんた、そんなに冷静なの？　七年も付き合った彼氏に浮気されたんだから、もっと怒りなよ」

汐里はそうまくしたてると、湧き上がる怒りを抑えるためか、再びグラスを持ち上げたものの、空になっていることに気づいて、近くのウェイターさんに声をかけた。注いでもらった水を、今度はゆっくりと飲み込んでから、グラスをテーブルの上に静かに置いた。

「雛子、怒ってないの？」

少し冷静になった汐里に尋ねられて、私は答える。

「怒っているというよりも、悲しいかな。あと情けない」

どうしてなのか、俊君に対しての怒りは湧いてこない。それよりも、今は悲しくて仕方がない。

それに、汐里に浮気の可能性をずっと指摘されていたのに、俊君はそんなことしないと信じ込んで、気がつくことができなかった自分が情けない。

「よしっ！　俊太のことなんてもう忘れて、食べよう。今日は私が奢《おご》ってあげるから」

しゅんとしてしまった私を気の毒に思ったのか、汐里が明るく声をかけてくれた。

それから私たちは、それぞれ注文したサンドイッチを食べ始める。その間も、汐里は、彼氏と家を同時に失って落ち込む私を励ますためか、笑顔で明るい話ばかりをしてくれた。そんな優しさは大学の頃から変わらない。私の大切な友達だ。

「それで雛子は今、どこに住んでるの？」

サンドイッチを食べ終わると、汐里はデザートも追加で注文してくれた。フルーツタルトのいちごをフォークに刺した時、ふと汐里に尋ねられた。

どう答えようか。一瞬迷ったものの、汐里に嘘をついてもきっとすぐにバレてしまいそうなので、正直に答えることにする。

でもその前に、フォークに刺さったままのいちごをパクリと食べる。甘くて美味しい。すぐにふた口目を食べたい。でも、その前に汐里の質問に答えないと。

「いろいろあって、今は御子柴さんの家に居候《いそうろう》してる」

「御子柴さんの⁉」

食後のホットコーヒーを飲んでいた汐里が、驚きのあまりカップから口を離す。

「どうして雛子が御子柴さんの家に住んでるわけ？」

「う、うん。それがいろいろあってね」

今度は、御子柴さんのマンションで暮らすことになった経緯を説明した。

汐里は「そうなんだ」と深く頷きながら、何かを考えるような表情を見せる。そしてしばらくすると、声のボリュームを少しだけ落として口を開いた。

「ねぇ雛子。御子柴さんの実家って、あの御子柴商事って言ってたよね」

「うん」

答えながら、サクサクのタルト生地にナイフを入れる。フォークに刺して口へ運ぼうとしたところで、汐里がポツリと呟いた。

「もしかして、それって玉の輿《こし》に乗るチャンスなんじゃない？」

「玉の輿？」

「そう！　これをきっかけに、御子柴さんの彼女になって、そして結婚なんてことになれば、ゆくゆくは大企業の社長夫人！　雛子、それが玉の輿よ！　俊太のバカのことなんて忘れて、御子柴さんに乗り換えなさい」

「乗り換えって……」

汐里の言葉を聞きながら、私は口に入れたタルトを飲み込んだ。

「あのさ、汐里。前から言ってると思うけど、私にとって御子柴さんは恋愛対象外だからね」

「なんで?」

「なんでって……」

あんなにいつも怒ってばかりの怖い上司を彼氏にしたいなんて思うはずがない。それに、御子柴さんだって、私のことをそういう風には見ていないはずだ。

仕事中も容赦なく怒ってくるくらいだし、今回の同居の提案だって、彼氏に浮気をされたあげく、家まで失ったかわいそうな部下を仕方なく家に置いているだけのことだと思う。そこに深い意味はない。絶対に。

それに以前、御子柴さんに断言されている。

『お前のようなドジ女だけは絶対にごめんだ』って。

どう考えても、私たちの間に恋愛のような甘い雰囲気は絶対に生まれない。

だけど、汐里は納得していないらしく、「もったいないなぁ」と呟きながら、コーヒーをすする。

そんな汐里の言葉をスルーして、私はタルトをパクリとまたひと口、頬張った。

これから、婚約者の将生君と映画を見に行くという汐里と別れたのが、午後五時。マンションへ続く道の途中でスーパーを見つけ、中に入る。

朝食は手作り料理をご馳走《ちそう》になってしまったので、夕食は私が作ろう。帰りが遅いと言っていたから、外で食べてきてしまうかもしれないけれど。

必要な食材を買い込み、スーパーをあとにする。それからさらに歩くこと十分ほど。オシャレな外観の九階建てマンションが見えてきた。

まるでリゾートホテルのような豪華なエントランスを抜け、エレベーターホールへと向かう。エレベーターがちょうど下りてきたので、九階のボタンを押した。

私だけを乗せたエレベーターは静かに上昇し、あっという間に着いた。そのフロアの角部屋が御子柴さんの家だ。

昨日もらったばかりの鍵を使って玄関を開け、キッチンへと向かった。

「えっと、まな板と包丁は……」

勝手に取り出すのは少し気が引ける。でも、『この家にある物はなんでも自由に使っていい』と言われているので、遠慮なく使わせてもらおう。

切れ味のよい包丁でトントンと音をたてながら、にんじん、ジャガイモ、たまねぎを切っていく。

……大きさが少しまばらになってしまったけれど、まぁ、いいか。

夕食はカレー。とはいっても、市販のルーを使う簡単なものだ。

切った野菜とお肉を炒めて、煮込んでいる間に、お米を炊く準備だ。冷蔵庫の中に保管されているお米を見つけたので、研いで炊飯器にセットする。いろいろなボタンがついている高級炊飯器に戸惑いつつ、これかな?というボタンを押した。これで多分、大丈夫だ。

時計を見ると、八時を過ぎている。御子柴さんは一体、何時に帰ってくるのだろう。

鍋の中の具材が柔らかくなってきたので、ルーを溶かしてカレーが出来上がった。

「ん~……。まぁ、こんなものかな」

ひと口、味見をしてみる。だけど正直なところ、私はあまり料理が得意ではない。レシピ通りに作っても、どうしても同じような仕上がりにならないのだ。

だからこのカレーも自信がない。俊君にも作ってあげたものの、一度も美味しいと言われたことがないし、『マズい』とはっきり言われたことすらある。それに、いつも残されていたような。

そんなことを思い出していたら、このカレーを御子柴さんに食べさせてもいいのだろうか……と、途端に不安になる。

なんでも正直にはっきりと口にする人だから、きっと俊君と同じように『マズい』と、冷たく言い放つに違いない。せっかく作ったのに、それはかなりつらい。

やっぱり、これは私ひとりで食べよう。

そう思い至った時、玄関の扉の開く音が聞こえた。帰ってきたみたいだ。

慌ててカレーの入った鍋に蓋をする。と同時に、リビングの扉が開き、ジャケットを腕にかけた御子柴さんが入ってきた。

「おかえりなさい」

キッチンからそう声をかけると、一瞬、私へ視線を向けて、「ただいま」とボソッと返してくれる。

それから、ジャケットをソファの背もたれにそっと投げると、カバンからパソコンと書類を取り出してローテーブルの上に置いた。

「ん？　なんかうまそうな匂いがするな」

そう呟いて、私のいるキッチンへと視線を向ける。

「もしかしてカレーか？」

気づかれてしまったようだ。鍋に蓋をしたところで、リビングに充満するカレーの匂いまでは消せなかった。

「はい。食べようと思って作ったんですけど」

「俺の分もあるのか？」

「えっ、……えっと、はい、ありますけど」

私は小さな声で答える。

作り始めた時は御子柴さんにも食べてもらおうと思っていたので、量はある。

「御子柴さん。夕食、食べてこなかったんですか？」

「ああ。打ち合わせが予定より長引いてな。食べたいものが特になかったから、家に帰ってから何か適当に食べようと思っていたが、まさか百瀬のカレーがあるとは」

そう言いながら、キッチンへと入ってきて、カレーの入った鍋の蓋を開けた。

「お前、これ……。ずいぶんとたくさん作ったんだな。一体、何人分あるんだ」

呆れた顔で見られて、私は苦笑を返すしかない。

ざっと八人分はある。張り切りすぎたのか、ひとパックすべてのルーを使う分量で作ってしまった。さすがに作りすぎた。

「お前はもう食べたのか？」

「いえ、私もまだです」

「それなら、早く食べるぞ」

そう言って、御子柴さんは食事の準備を始めてしまう。

どうしよう、どうしよう。このカレー絶対に美味しくない。御子柴さんに食べさせるわけにはいかない。

「あ、あの、御子柴さん」

「なんだ?」

食器棚の一番高いところに手を伸ばしている後ろ姿に声をかけると、お皿を取り出しながら御子柴さんが私を振り返る。

「本当にこのカレー、食べますか?」

「そのつもりだが」

当たり前だと言わんばかりに、御子柴さんが答える。

「でも、私の作ったカレーですよ?」

「ああ。知ってる」

「本当に食べます?」

「食べないほうがいいのか?」

しつこく確認してしまったせいか、だんだんと御子柴さんの機嫌が悪くなってきてしまった。

「早く食べるぞ。飯はあるのか？」

「あ、はい。炊きました」

私の返事を聞いた御子柴さんが炊飯器の蓋を開けた。その途端、動きがピタリと止まる。

「どうしましたか？」

私も炊飯器の中を覗き込んでみたら――。

「あっ」

研いだお米が水に浸ったままになっている。

頭の上から、御子柴さんの深いため息が聞こえた。

「お前なぁ。夕食を作ったっていうから、百瀬にしては珍しく気の利くことをすると感心したが。やっぱりどこか抜けてんだよな」

「すみません。今から炊きます……。えっと、この炊飯器はどう使うのでしょう？」

やたらとボタンがあるから、どこをどう押せば普通に炊けるのかがわからない。さっきもこれでいいだろうと思って押したのに、炊けていなかったし。

「もういい。今から炊いても一時間はかかる」

「ですよね」

せっかくカレーを作ったのに、肝心のご飯がないなんて、またドジをやらかしてしまった。どうして私はいつもこうなんだろう。

『どこか抜けてんだよな』という御子柴さんの言葉が、胸に突き刺さる。その通りだから反論できない。仕事もプライベートも、ふとしたところで、いつもミスをしてしまう。

「まぁ、そんなに落ち込むな」

御子柴さんの手が私の頭にポンと載って、思わずハッとなる。

「飯なら、いつでもすぐに食べられるように冷凍ストックしてるのがあるから、それを使えばいい」

そう言いながら、冷凍庫からラップにくるまれているご飯をふたつ取り出した。そして電子レンジで温めてお皿に盛ると、鍋の中に入っているカレーをよそう。

ご飯の冷凍ストックがあるなんて、さすが御子柴さんだ。

「ほら、食べるぞ」

ダイニングテーブルにカレーの盛られたお皿を置いて、先に席に着く御子柴さん。

私も彼の向かいの席の椅子を引くと、腰を下ろした。

御子柴さんはスプーンを手に取ると、カレーをすくい口へ運んだ。もぐもぐと何度か咀嚼《そしゃく》してからごくっと飲み込む。そして、また口の中へカレーを運ぶ。

黙々とカレーを食べ進め、気がつくとお皿の半分があっという間になくなっていた。

「あの……」

その様子に、私は恐る恐る声をかける。

「味、どうですか？」

そう尋ねると、御子柴さんはいったん食べる手を止めて、私へと視線を向ける。

「味か？　まぁ、普通だな」

「普通ですか」

「何？　それだと不満なのか。美味しいと言ったほうがよかったか？」

「いえ、そういうわけではなくて。マズいって言われなくて、よかったなぁと思って」

美味しいという感想は、最初から期待はしていない。自分でも自分の作ったカレーがイマイチだと思うから。

「せっかく百瀬が作ってくれたんだ。マズいなんて言うのは失礼だろ。まぁ、少し水っぽい気もするが、ちゃんと食べられるから安心しろ」

そう言って、またカレーをひと口頬張る。

「それに、俺はお前の料理が食べられて嬉しいよ」

「え……」

い、今なんと？

思わず自分の耳を疑ってしまう。

御子柴さんの言葉に、私はスプーンを手に持ったまま固まってしまった。

聞き間違いじゃなければ、私の手料理が食べられて嬉しいと、御子柴さんは言った気がする……。

まさか、あの御子柴さんにそんなことを言われるとは思わなかったので、どういう反応をしていいのかわからない。

「食べないのか？」

スプーンを持ったまま固まっている私に気がついたのか、御子柴さんが声をかける。

ハッと我に返って、私はカレーを食べ始めた。

仮の彼女

御子柴さんのマンションから、職場である御子柴設計事務所の入るビルまで、歩いて十五分ほどの距離がある。

わりと近いとはいえ、方向音痴な私のことだから、絶対に迷子になる。このマンションから初出勤となる今日は、御子柴さんと一緒に出勤しようと思っていた。だけど六時半頃に目を覚ますと、御子柴さんはすでに準備を終えていて、早々に家を出てしまった。

ということで、置いていかれた私は、スマホの地図アプリで経路を確認しながら、職場までの道を歩くことにした。何回か道を間違えたものの、余裕を持って家を出たこともあり、職場には就業開始時間三十分前には着くことができた。

少し早すぎた。道もなんとなく覚えたから、明日はもう少し遅い時間に出ても間に合いそうだ。

「おはようございます」

「おはよう。雛子ちゃん」

午前八時。御子柴設計事務所の扉を開けた私を、佐原さんが笑顔で迎えてくれた。

ちらっと御子柴さんのデスクに視線を送る。そこに彼の姿はない。私よりも早く家を出たはずなのに、まだ出勤していないのはおかしい。ほかに寄る場所でもあったのかな……。

疑問に感じつつ自分のデスクに着くと、向かいに座る佐原さんに声をかけられた。

「雛子ちゃん、今日はどうしたの？」

多分、私がいつもよりも早く出勤したことを聞いているのだと思う。

「今日から歩いてくることにしたんです。きっと迷うと思って早めに家を出たら、早く着きすぎました」

「えっ、歩いてきたの？　雛子ちゃんの家からだと、ここまでかなりの距離あるよね」

佐原さんとは普段から、わりとよくお互いのプライベートなことを話したりする。だから、私が彼氏である俊君と同棲していたことも、アパートの場所も話したことがあるので知っている。

「それが、彼氏と別れて、同棲も解消したんです」

「そうなの⁉」

俊君とのことを打ち明けると、佐原さんは目を丸くして驚いている。

その反応は当たり前かもしれない。

最後に会った金曜日には『彼氏ひと筋』と宣言していた私が、次に会った週明けに、その彼氏と別れたと打ち明けたのだから。

「えっと……。どうして急に別れちゃったのか、聞いてもいいのかな？」

遠慮がちに聞いてくる佐原さんに、私は隠さずにはっきりと告げた。

「彼氏が、浮気をしていたからです」

「浮気」

「はい。浮気です」

答えながら、俊君と浮気相手の女性が同じベッドで寝ていた光景がフラッシュバックして、胸が苦しくなる。それを追い払おうと、思い切り頭を横にぶんぶんと振った。

佐原さんは、何も聞かずにそっと席を立った。向かったのはコーヒーサーバーの置かれた台で、そこで手際よくふたり分のコーヒーを淹《い》れている。

「はい、どーぞ」

トン、と私のデスクの上にマグカップが置かれた。中には湯気が上がる熱々のコーヒーが入っている。佐原さんは、私がブラックが苦手なことを知っているので、スティックシュガーとミルクも一緒に持ってきてくれた。

「ありがとうございます」

お礼を言うと、砂糖とミルクを加えてから、マグカップに口をつけた。

「それで、どこに引っ越したの？」

佐原さんに聞かれたので、引っ越し先の地名を答える。

「そこなら悟の家と近いよね」

「えっ……あ」

そうだった。正直に御子柴さんのマンションが建つ地名を教えてしまったけど、そういえば御子柴さんから、今回の同居の件について、佐原さんには内緒にするよう言われていたんだった。

「え、あ、そうなんですね。知らなかったなぁ」

偶然を装いながら、コーヒーをひと口含んだものの——。

「あっつ」

「雛子ちゃん、大丈夫？」

「は、はい」

動揺して、熱いコーヒーを一気に口の中へ流し込んでしまった。舌がヒリヒリする。

しばらくして落ち着いてから、今度はゆっくりとコーヒーを口にした。

ごくんと飲み込みながら、「そういえば」と話題を変える。

「佐原さん。御子柴さんって本当に彼女いるんですか？」

先週の金曜日。御子柴さんが珍しく仕事を定時で切り上げて帰宅した理由を、佐原さんは『可愛い彼女とデート』と言っていた。

でも、御子柴さんは、彼女はいないと否定されてしまった。今のところ、本人のほうが真実を言っている気がする。そうなると、佐原さんが嘘をついていることになる。

「悟に彼女はいないよ」

佐原さんは、にこりと笑いながらはっきりとそう言った。

「でも、佐原さんこの前、御子柴さんには可愛い彼女がいるって言ってましたよね」

「ああ、うん。ごめんね。あれ、嘘なんだ。そう言ったら、雛子ちゃんがどういう反応をするのか見たくなって」

「私の反応？」

どういうことだろう？と、私は首を傾げる。

「ま、でもやっぱり雛子ちゃんは予想通りの反応だったかな。これだと、悟にはちょっと厳しいかも」

佐原さんが独り言のように、そう呟いた時だった。

事務所の扉がパタンと勢いよく開き、私と佐原さんが同時に視線を向ける。御子柴さんが出勤してきたようだ。

「悟、おはよう」

佐原さんが微笑んで声をかけたものの、返事はない。いや、口は動いていたから挨拶を返したはずだけど、声が小さくて聞こえなかった。

御子柴さんは椅子にどかりと腰を下ろして、「はぁ……」と深いため息をつく。その眉間には、皺が深く刻まれていた。

「御子柴さん、なんか機嫌悪そうですよね」

その様子が気になって、佐原さんに小声で声をかける。

「うん。あれは明らかに不機嫌だよね」

佐原さんがこくこくと頷く。

電源を入れたパソコンの画面を鋭く睨みつけるその表情からは、わかりやすいくらい不機嫌なオーラが漏れている。

「何かあったんでしょうか」

佐原さんと一緒に、窓際の席のほうをこっそりと観察しながら呟いた。

「朝は普通だったと思うんですけど」

『おはようございます』と挨拶をした時の御子柴さんからは、こんなに明らかな不機嫌オーラは出ていなかった気がする。『おはよう』と普通に返事をしてくれたし……と、今朝の御子柴さんの様子を思い出していると、佐原さんがキョトンとした表情で私を見ていた。

「朝って？　雛子ちゃん、今朝、悟に会ったの？」

そう言われて、ハッとする。佐原さんは私が御子柴さんの家に居候していることを知らないし、知られちゃいけないいんだった。

「えっと……アハハ」

どうごまかせばいいのか思い浮かばなくて、とりあえず笑っておくことにした。

そして、さらっと別の話にすりかえる。

「そういえば御子柴さん、珍しく今日は出勤が遅いみたいですけど、それと関係があるんでしょうか」

普段、私や佐原さんよりも早くに出勤して仕事を始めている御子柴さんが、今朝は始業時間のギリギリ五分前になってようやく事務所に姿を現した。六時半頃にはマンションを出たはずなのに、何か用事でもあったのかな。

「よし！　聞いてみるか」

ここで私たちがいろいろ考えてもわからないと思ったのか、佐原さんは椅子から立ち上がり、御子柴さんのデスクへ向かっていく。

さすが長い付き合いだ。私なら、あんなに不機嫌オーラをただよわせている御子柴さんとは、できれば関わりたくない。

「どうしたの、悟。何かあった？」

佐原さんが穏やかな声で話しかける。そんなふたりの様子を、自席からこっそりと見守っていると、しばらくして御子柴さんが口を開いた。

「親父に会ってきた」

「お父さんに？　それは珍しいね。何年ぶり？」

「覚えてないな」

お父さんといえば、あの御子柴商事の社長さん。折り合いが悪いと聞いていたけど、最後に会ったのを覚えていないくらい距離を置いていたんだ。

そんなお父さんと今朝会ったとなると、何か特別な用事でもあったのかもしれない。

「これを渡された」

御子柴さんはズボンのポケットから、ぐしゃぐしゃになった紙を取り出してデスクへと投げた。佐原さんはそれを手に取って、丁寧に伸ばしてから目を通す。

「創立記念パーティーか」

「ああ。それに必ず俺も出席しろと言われた」

「悟は御子柴家の大切なひとり息子だからね」

からかうような言葉に、御子柴さんの眉間の皺が深くして、佐原さんを一瞬睨みつける。

こ、怖い。間近であんなに怖い表情をされたら、私だったら即、逃げ出す。

でも、さすがは佐原さん。気にする様子もなく、いつもの穏やかな笑顔を浮かべている。

それにしても、大企業である御子柴商事の創立記念パーティーなんて、きっと盛大に開かれるんだろうな。きらびやかな会場に、華やかな服装の紳士淑女が集まって、そしてたくさんの美味しい料理や高級なワインなんかが並べられて……。

そんな光景を想像しただけで、うっとりすると同時に、自分とは縁のない世界のことだと現実を知る。

「で、悟は行くの？」

「ああ。行きたくないが、そうもいかないことになった」

「どういうこと？」

私は自分の席でパソコンをいじるふりをしながら、御子柴さんと佐原さんの会話にそっと耳を澄ませる。

「そのパーティーで親父や役員たちに、恋人を紹介することになった」

恋人⁉

思わずパソコン画面から視線をずらし、御子柴さんと佐原さんのほうを見てしまう。

やっぱり御子柴さんて、恋人いるんじゃん！

今さっき、佐原さんはいないと言っていたし、本人もいないと言っていたのに。

もしも恋人がいるなら、私はマンションから出ていかないといけない。恋人のいる男性の家に、このまま住めるわけがない。

御子柴さんも、恋人がいるならちゃんと言ってほしかった。どうして、いないなんて嘘をついたりしたんだろう。

佐原さんも私と同じように驚いた表情を浮かべて、「知らなかったな」とポツリと呟いた。

「今の悟は仕事が恋人だと思っていたけど、人間の恋人がちゃんといたんだ」

「いや、いない」

「え、いないの？」

御子柴さんのはっきりとした否定に、佐原さんが思わず聞き返している。

「どっち？　悟には恋人がいないってことで、いいの？」

「ああ」

「いないのに、どうして恋人を紹介するとか、ややこしいことになってるわけ？」

佐原さんがさらに問いつめると、御子柴さんは低い声でゆっくりと話しだした。

「昨夜、大事な話があるから帰ってこいと、久しぶりに親父から連絡があった。それで今朝早くに渋々戻ってみたら、うちの会社の創立記念パーティーのことだった。大々的にやるらしく、その場に息子である俺がいないのは不自然だと言われて参加を強制された。親父によると、どうやらその場でソノダグループの会長の娘と俺を会わせたいらしい。要は見合いだ」

「お見合いかぁ」

佐原さんが深く頷く。

ふたりの会話をこっそりと聞いて、私は頭の中を整理しようとする。

とりあえず、御子柴さんには恋人がいないってことでいいのかな？

そのことにホッとしている自分がいる。いや、御子柴さんに恋人がいないことに安《あん》堵《ど》したわけじゃなく、御子柴さんの家から出ていかなくていいことに安堵しただけだ。

「ソノダグループといえば、大手の総合物流会社だよね。御子柴商事と並ぶ老舗企業でもあるし。確かにこのふたつの企業が結びつくのはすごいことかも。そういう面では、すごくいい縁談かもしれないね」

佐原さんの言葉に、御子柴さんの表情がわかりやすいくらい不機嫌になる。

「お前の言った通り、親父はこの縁談でソノダとの繋がりが欲しいんだろうな。でも、俺は見合いなんてする気はないし、ましてや親父の決めた相手と結婚する気なんてさらさらない。だからはっきりと断ったら、もしかしてほかに恋人でもいるのかと親父に聞かれた」

「いないでしょ」

「まぁ、そうなんだが。とっさに、いると嘘をついてしまった」

そこで御子柴さんは、デスクに穴でも開くんじゃないかと思うような深いため息を落とした。そんな御子柴さんに、佐原さんが呆れたように尋ねる。

「どうしてまた、そんな嘘を?」

「もちろん、見合いを断るために決まってるだろ。恋人がいるなら諦めてくれると思ったが、しかし、親父相手にそう簡単にはいかない。パーティーへ連れてこいと言われた。ちょうどいい機会だから、役員やお偉いさんたちの前で紹介しろ、と」

「どうするの？」

その質問に、御子柴さんは無言になる。しばらくして、ため息と一緒に口を開いた。

「俺の嘘に付き合ってくれる適当な女、佐原の知り合いに誰かいないか？」

「もしかして、嘘をつき通す気？」

「ああ。今さら嘘とは言えない。いや、言いたくない」

「はぁ。悟って昔から、お父さん相手だと変にむきになるよな。悟の嘘に付き合える子か……」

佐原さんは顎に手を添えて、うーん、としばらく考えてから「あ！」と声をあげた。

「それなら、とっておきの女の子がいるよ」

笑顔で振り向いた佐原さんと、私の視線がぶつかった。

「雛子ちゃん、一日だけ悟の彼女になってみない？」

「え⁉　わ、私ですか？」

今までこっそりとふたりの会話に耳を傾けていただけのはずが、突然巻き込まれて焦ってしまう。しかも、私が御子柴さんの彼女？

「無理です、無理です！」

私は顔の前で大きく手を横に振った。

ふたりのこれまでの会話からすると、私が御子柴さんの彼女役をして、御子柴商事の創立記念パーティーへ出席するということになる。

無理！　私みたいな平凡な女が、御子柴商事のような大企業の創立記念パーティーに参加できるわけがない。しかも御子柴さんの彼女役なんて、できる気がしない。

「ね、雛子ちゃん。悟のために一日だけ彼女になってあげてくれないかな」

「いや、えっと……本当に私ですか？」

ちらっと御子柴さんへ視線を向けると、まるで私を観察でもするかのようにじっと見ながら難しい表情を浮かべている。

な、なんだろう……。

その鋭い視線に、若干脅えていると、御子柴さんがため息をつきつつ、口を開く。

「そうだな。この際、もう百瀬でいいか」

ええ!?

聞こえてきた言葉に、耳を疑ってしまう。

もしかして、御子柴さんも彼女役を私に頼もうとしている？

佐原さんはともかく、彼には『お前なんかに、仮でも俺の彼女が務まるか』と、即座に却下されると思っていた。

「いや、むしろ百瀬ぐらい何も考えていなさそうなヤツのほうがいいのか。お前のその鈍感力なら、パーティー会場の雰囲気に呑まれることも、親父の圧力にひるんで泣きだすこともなさそうだしな」

独り言のように呟いた御子柴さんの視線が、すっと私へ移動する。

「ってことで、百瀬。俺の彼女役はお前に任せることにする」

「えっ、いや、あの」

「今週の土曜日だ。予定、空けとけよ」

もしかして決定したの？

「雛子ちゃん。頑張ってね」

佐原さんまで、にこにこと笑顔を向けてくる。

「えっと……」

まだ、やります、なんてひと言も言ってないんだけど。

とはいえ、上司ふたりにうまいこと乗せられてしまい、断れなくなっている。

どうしよう。このままだと、本当に〝御子柴さんの彼女（仮）〟として、御子柴商事の創立記念パーティーへ参加しないといけなくなってしまう。

私にそんな器用な嘘がつけるとは思えない。むしろ、絶対に何かドジを踏んで、御子柴さんに迷惑をかけてしまう。やっぱり、ここは断ったほうがいい。

そう思ったのだけれど……。

そういえば、私は御子柴さんに二度もピンチを救ってもらった恩がある。それを返したい。でも一体、自分にどんな恩返しができるのか、ずっと考えていた。

もしかして、今が恩を返す時なのでは？

私が彼女として創立記念パーティーへ出席すれば、御子柴さんは望んでいないお見合いを断ることができる。

とはいえ、実際には付き合っていないのに、彼女として御子柴さんのお父さんに会うということは、騙すのと同じことで、少しの罪悪感はある。

それに、バレたらどうしようという不安も。

でも！　ここは御子柴さんへの恩返し。ほかのことは深く考えないようにしよう！

「わかりました。私、御子柴さんには恩があるので、それを返すためにも彼女役、引き受けます」

「恩……？」

私の言葉を聞いた佐原さんが、首を傾げるのが見えた。気にせず御子柴さんに向かって言葉を続ける。

「御子柴さんは、そういうつもりで私を家に置くわけじゃないって言ってましたけど、でもやっぱり私は自分の受けた恩はしっかりと返します。だから、御子柴さんが今すごく困っているなら力になります」

「え……。雛子ちゃん、悟の家に住んでるの?」

佐原さんの声が聞こえてハッと気がつく。

「あ……」

バレてしまった。

佐原さんには、御子柴さんとの同居のことは内緒のはずだったのに。

私は思わず両手で口を塞ぐ。だけど、飛び出した言葉は戻ってこない。

ちらっと御子柴さんの様子を窺う。

「ったく、やっぱりお前はうっかり喋ったな」

そう呟きながら、片手を額に当てて深いため息をついたのだった。

そのあと、御子柴さんが席を外したすきに、佐原さんはいろいろと質問を投げかけてきた。

同居に至るまでの経緯、そのあとは寝室は別々なのかとか、ふたりきりでどんな会話をしてるのかとか、御子柴さんの手料理の味の感想とか。ほかにもいろいろと聞きたそうだったけれど、御子柴さんが戻ってきたので終了となった。

御子柴さんが、同居の件を佐原さんに知られるといろいろと詮索されそうで面倒だと言っていた理由がわかった気がした。これは確かに面倒くさい。


その日の夜。

佐原さんの質問のたびに仕事の手を止めていたせいか、定時から三十分遅れて仕事を終えた私は、マンションでひとりの夕食を済ませた。シャワーを浴びて、今は自室で前のアパートから持ち出した荷物を漁っている。

「おかしいなぁ。確かここに入れて持ってきたはずだけど……あ、あった!」

洋服を収めた段ボールの中から、お目当ての物を探し出す。

ようやく見つけたそれは、サーモンピンクのふんわりとしたデザインのパーティードレスだ。

創立記念パーティーへ参加することになったからには、やっぱりそれなりの、しっかりとした衣装が必要かもしれない。

そう思って、唯一のパーティードレスを引っ張り出してみたものの、まだ着られるのかどうか不安になる。

確か最後に着たのは、二年前の従兄弟《いとこ》の結婚式だ。あれから体重の変動が多少はあるけど……。とりあえず着てみることにした。

「おぉ。なんとか、まだ入った」

お腹回りと二の腕部分が少しきついけど、入ることは入ったからよしとしよう。

久しぶりの華やかなパーティードレスに、少しだけ気分がうきうきしてしまう。その場でくるくると回っていると、玄関から扉が開く音が聞こえた。御子柴さんが仕事から帰ってきたらしい。

「おかえりなさい、御子柴さん」

パーティードレスを着たまま廊下へ出ると、玄関で靴を脱いでいる御子柴さんの背中があった。振り向いて、私を見た彼の目が一瞬だけ見開いた。

「お前、こんな夜中にどこへ出かける気だ」

「え？　……あ、ああ」

どうやら私のパーティードレス姿を見て、これから外出するとでも思ったらしい。

「違いますよ。これは今度の創立記念パーティーで着ていこうと思って出してみたんです。どうですか？」

その場でくるくると回ってみせようとしたら、勢い余って足が滑ってしまった。

「わっ」

「おい」

ぶつかる！と、とっさに目をつぶったものの、いつまで経っても衝撃はやってこない。代わりに何か温かなものに包まれていて――。

「ったく、相変わらず危なっかしいな、お前は」

頭の上から聞こえる不機嫌な声。どうやら足を滑らせた私を、御子柴さんが片手で支えて抱きとめてくれたようだ。

私の両手は御子柴さんのシャツをギュッと握っている。無意識に手が伸びて、転びそうな自分を支えようとしたのかもしれない。

「す、すみません。ありがとうございます」

お礼を言って顔を上げると、思っていたよりも近い位置に御子柴さんの顔があることに気がつき、思わずドキッと鼓動が跳ねた。

不意にとはいえ、御子柴さんと抱き合うような形になっている今の状況が、途端に恥ずかしくなってしまう。

すぐに身体を離そうとしたら、私を支えるために腰に回っていた御子柴さんの手に力が込められる。

そして、そのままぐっと強く引き寄せられ、先ほどよりも身体が密着する。

――私、御子柴さんに抱きしめられてる？

突然のことに困惑してしまい、金縛りにでもあったかのように身体がピクリとも動かない。けれど、身体とは正反対に、私の心臓は動きを速める。

もしかして私、ドキドキしてる？

相手は、いつも怒ってばかりの上司なのに。

うっかり転びそうになったところを、御子柴さんが支えて抱きとめてくれたはずなのに、それが今はしっかりと抱きしめられている。

どうして、こんな状況になっているんだろう。

「なぁ、百瀬」

不意に御子柴さんの声が聞こえた。

「は、はい」

返事をした声が思わず裏返る。

「お前さ、俺の彼女役じゃなくて本当に――」

御子柴さんがそう言いかけた時、しんと静まる廊下にブーブーと何かが振動する音が聞こえた。どうやら御子柴さんに電話がかかってきているようだ。

御子柴さんは小さく舌打ちすると、腕の力を緩め、身体を離す。そして、ズボンのポケットに手を入れてスマホを取り出した。

「はい。御子柴です」

スマホを耳に当て、御子柴さんは何事もなかったように私の横を通り過ぎようとした。ところが不意に立ち止まり、電話相手に「少々お待ちください」と告げると、通話をいったん保留にして振り返る。

「百瀬。明日は少し早く仕事を切り上げて、俺に付き合え。いいな？」

それだけを素早く告げ、再びスマホを耳に当てる御子柴さん。

「お待たせしました。その件ですが……」

通話を再開させ、足早に自分の寝室に入っていってしまった。

その場にポツンと取り残された私は、呆然とただ立ち尽くす。

私の身体には、御子柴さんに抱きしめられていた時の熱がまだ残っている。

御子柴さんは私に何を言おうとしていたんだろう。電話がかかってきたので途中までしか聞くことができなかった。

それに、明日は仕事を早く切り上げろと言っていたけれど、一体、どこへ付き合わされるんだろう。

翌日の午後、御子柴さんは昼前からずっと事務所を不在にしていた。

そんな彼から私のスマホ宛てにメールが届いたのは、四時を過ぎた頃。定時まであと一時間ほどだ。

御子柴さんとは普段から仕事の用事でメールのやり取りをすることがあるので、もちろん私の連絡先は知っている。

届いたメッセージの内容は【今すぐに来い】という、短い文章とともに駅名と店の名前が添えられただけの簡潔なもの。この人の文章はいつもさっぱりとしていて無駄がない。

残りの仕事をなるべく早く仕上げると、佐原さんに声をかけてから事務所を出た。

事務所から最寄り駅まで走ると、ちょうど電車がホームに滑り込んでくる。御子柴さんの指定した待ち合わせ場所に着くと、午後六時を過ぎていた。

指定されたお店を検索したところ、どうやら駅前のカフェらしい。お店に入ると、窓際の席でノートパソコンを開いている御子柴さんの姿があった。

「すみません。お待たせしました」

そっと声をかけて向かいの席に座ると、パソコン画面を見つめていた視線がゆっくくり私へと移動した。

「遅かったな」

御子柴さんから連絡があったのが四時過ぎ頃なので、すでに二時間くらい待たせてしまったことになる。

けれど、仕方がない。いつ連絡がくるのかわからなかったし、仕事も終わってなかったし、普段あまり利用しない地下鉄の駅の出口を間違えて、地上に出てから待ち合わせ場所までかなりさまよってしまったし……。いや、道に迷ったことは言わないでおこう。呆れられそうだし、怒られそうだ。

それよりも、道に迷ってしばらく歩き回ったせいで、少し疲れてしまった。せっかくカフェに入っているのだから、私も何か飲みたい。

メニューを手に取り眺めながら、チョコレートパウダー入りのカプチーノとホットココアで迷っていると、御子柴さんが仕事用の眼鏡を外し、ノートパソコンの電源を落としてカバンにしまった。

「行くぞ」

「え、あの、私も何か飲み物を……」

「時間があまりない。もう出るぞ」

御子柴さんは立ち上がると、どんどんひとりで行ってしまう。置いていかれないように、慌てて追いかけた。

「御子柴さん、これからどこへ行くんですか？」

カフェを出てから少し歩くと、華やかなショップが立ち並ぶ通りに出た。わりと人通りの多いその道を、御子柴さんのすぐ後ろを歩きながら尋ねる。

私はまだ御子柴さんに呼び出された理由を教えてもらっていなかった。

行き先が気になって声をかけたけれど、返事がない。人通りの多い道だから周りの音にまぎれて聞こえなかったのかもしれない。もう一度同じことを尋ねようとしたところで、御子柴さんの足が止まった。

「ここだ」

その視線の先には、ブランド物にはあまり興味のない私でも知っているほど有名なハイブランドの直営店舗があった。

先に入店した御子柴さんに続いて、足を踏み入れる。すると、ふんわりとした甘い香りに包まれた。

店の奥へと進みながら、並んでいる服に下げられた値札をちらっと覗き込んで、目を見開いてしまった。

た、高い！　冬物コートが約九万、ジーンズが約四万、セーターが約五万……。

「痛っ」

ディスプレイされている小さなハンドバッグの値段が、私の一ヵ月分の給料よりもはるかに高いことに驚きながら歩いていたせいか、しっかりと前を見ていなかった。

御子柴さんが立ち止まったのに気がつくのが遅れ、その背中に顔をぶつけてしまう。

「しっかりと前見て歩け」

静かに注意されてしまい、ぶつけた鼻を手で押さえながら「すみませんでした」と呟く私をちらっと横目で見ながら、彼は口を開いた。

「この中から、好きなのを一着選べ」

よく見ると、私たちの前には華やかなパーティードレスがずらりと並んでいる。

「今度の創立記念パーティーにお前が着ていくドレスだ」

「私のですか?」

でも、パーティードレスなら昨夜、御子柴さんの前で着てみせたのがある。わざわざ新しいのを買わなくてもいいんだけど。そう伝えようとする。

「あれはやめておけ。デザインが子供っぽすぎる。この中から選んだものを着ていけ」

私の唯一のパーティードレスは、はっきりと否定されてしまった。サーモンピンクの優しい色合いが可愛くて、私は結構気に入っていたんだけど。子供っぽいと言われてしまって、なんだか少し悔しい。

「値段は気にするな。好きなのを選んでいいから」

そんなこと言われても……。

私は、目の前に並ぶパーティードレスを一着一着手に取って眺めてみる。けれど、どれもピンとくるものがない。正直、色やデザインを気にするよりも、まずは値札に目がいってしまうからだ。ざっと見たところ、どれも十万円は越えている。

何も、こんな高級ブランドじゃなくてもいいのに……。

でも、よく考えてみれば日本が誇る大企業・御子柴商事の創立記念パーティーに出席するには、やはりこれくらいの値段の、しっかりとした衣装じゃないといけないのかもしれない。

そう考えると、私なんかがそんな高級なパーティーに出席してもいいのだろうか、と突然不安になってくる。でも、今さら断るわけにもいかないし。

ちらりと御子柴さんを見れば、腕組みをしながら私を見下ろしている。早く選べ、と無言で迫られているようでその視線が怖い。

「何かお探しですか?」

ふと女性の声が聞こえた。

振り向くと、黒いパンツスーツ姿の背の高い女性が、私たちのところへやってくる。店員さんだろうか。私と同じ歳か少し上くらいの歳の彼女からは、さすがハイブランドのショップで働くだけの品格が、その仕草や声から滲み出ていた。

「彼女に合うドレスを探してるんだが、適当に見つくろってくれないか。さっきからずっと見ているが、ひとりじゃ決められないらしい」

「そういうことでしたら」と、女性店員さんはパァッと顔を輝かせると、てきぱきとした動作で店内からすぐに一着のドレスを持ってきた。

それは、袖と襟部分が繊細なレースで施されたサテン生地のベージュのドレスだった。決して派手ではないけれど、上品な落ち着いた雰囲気がある。

「こちらなど、いかがでしょうか。新作なんですよ。袖つきなのでこの時期だと一枚ですっきり着られるかと思います。お客様にもきっとお似合いになりますよ」

店員さんに「試着されますか？」と尋ねられたので、御子柴さんの顔をちらっと窺うと、無言で頷く。どうやら試着しろということらしい。

私は試着室に入り、カーテンを閉める。

さっそく着てみようと改めてドレスを見ると、ふと値札が目に入った。

「一、十、百、千、万、十……えええええええっ⁉」

その額に、思わず悲鳴に近い叫び声をあげてしまい、慌てて口元を手で覆った。

さすが高級ブランド。恐ろしい。

私は着ている服を脱ぐと、ゆっくりとドレスに袖を通してみた。

「うーん……上がらない」

背中のファスナーが閉まらない。

目一杯、手を伸ばしてみるけれど、ドレスの後ろについているファスナーをなかなか上げることができない。半分までは、なんとか自分で上げられたけれど、そこからは手が届かなくて、ひとりでは上げることができなさそうだ。

「すみません。ファスナー上げてもらっていいですか？」

カーテンの向こうにいる店員さんに声をかけてみるけれど、返事がない。

どうしたんだろう……？

すると、カーテンが勢いよく開いた。てっきり店員さんだとばかり思っていたけれど、そこにいたのは御子柴さんひとり。店員さんの姿はどこにも見当たらない。

「ほら、後ろ向け」

「えっ」

「いいから後ろ」

「は、はい」

仕事の指示を出される時のような厳しい口調に、私は言う通りに背中を向けた。

すぐ後ろに御子柴さんが立つ気配を感じると、半分で止まったままだったファスナーが、するすると一気に上がっていくのがわかった。

途中、ファスナーを上げる手が少し私の背中に触れて、思わず身体がピクッと跳ねてしまった。それに気がついたのか、御子柴さんが「悪い」と低い声で告げる。

まさか御子柴さんが私のドレスの背中のファスナーを上げてくれるなんて……。

「試着できましたか？」

ちょうどファスナーが上がり切ったタイミングで、店員さんが戻ってきた。今まで一体、どこへ行っていたんだろう。

「わぁ！　お似合いですよ。可愛い」

ドレス姿の私を見て、ポンと両手を合わせた。

「せっかくなので、それに合うアクセサリーと靴も持ってきました」

いなかったのは、これを店内へと探しに行ってくれていたからか。

ネックレスを受け取り、さっそくそれを着けてみた。そして靴も履いて試着室の外に出る。

サイズはぴったりだけど、私に似合っているのだろうかと不安になる。

「お似合いですよ、可愛い！　ね、彼氏さん」

店員さんはそう言うと、隣に立っている御子柴さんへと視線を移した。

か、彼氏？

もしかして、私たちのことを恋人だと勘違いしているのかもしれない。確かに、こんな場所へ男女が服を選びに来たのだから、そういう関係に見えてもおかしくはない。

否定したほうがいいのかな。

そう思って、御子柴さんの顔をちらっと見る。

「馬子《まご》にも衣装だな」

……多分、私が試着したドレスの感想だと思うけれど、そのことわざで表現するのはどうなんだろう。なんだか、あまり嬉しい気はしなくて、ムッと膨れてしまう。

「会計はこれで頼む」

御子柴さんはクレジットカードを取り出すと、それを店員さんに渡した。

「このドレスと、ついでだからアクセサリーと靴も一緒に」

「ありがとうございます」

店員さんは御子柴さんからカードを受け取ると、お店の奥にあるレジへと向かった。

私はそっと御子柴さんに声をかける。

「もしかして、本当にこのドレス、買うんですか？」

「そうだが、気に入らなかったか？」

「いえ、そういうわけじゃなくて……」

気に入るとか入らないとか、そういう話ではない。まさか本当に、創立記念パーティー用のドレスをわざわざ買ってもらうことになるなんて。しかも、一着十万は優に超えている。これに、ネックレスに靴もつけたら一体、総額いくらになるんだろう。考えるだけで怖い。

御子柴さんからしたら、たいした額ではないのかもしれない。だからといって、私なんかのために高級ブランドのドレスを買ってもらうのは、やっぱり申し訳ない気がする。

「俺のワガママに付き合ってもらうお前へのプレゼントだ」

ふと御子柴さんの声が聞こえて、顔を上げる。

「いらなかったら、パーティーが終わったあとにでも捨ててくれてかまわない」

「そんなっ！　捨てるなんて」

そんなもったいないこと、できるわけない。

私は、近くの鏡に映る自分の姿をふと見つめた。

正直、すごく気に入っている。デザインも可愛いし、サイズもぴったりで、身体にちょうどよくフィットしている。もうすぐ汐里の結婚式もあるし、このドレスならその時にも着ていけそうだ。

「ありがたく受け取ります」

私はそう答えて、御子柴さんにペコリと頭を下げた。

ちょうどその時、精算を終えた店員さんが戻ってきて、預かっていたクレジットカードを御子柴さんに返した。

「お待たせしました」

それから私はもう一度試着室に入り、着ているドレスなどを脱いだ。それを店員さんがブランドロゴ入りの紙袋に入れると、御子柴さんが受け取る。

「ありがとうございました。またお待ちしております」

笑顔の店員さんに見送られて、私たちはお店をあとにした。

同時に私のお腹から、ぐ～っと情けない音が聞こえてくる。恥ずかしくて慌てて押さえるけれど、どうやら御子柴さんにも聞こえていたらしい。

冷静な声でそう聞かれてしまい、こくりと頷いた。

「実は、お昼食べていないんです。お昼頃に佐原さんのお客様の浮田《うきた》さんが事務所にいらしたんですけど、打ち合わせの時間を一時間間違えたらしくて。佐原さんが不在だったので、戻るまで浮田さんの話し相手をしていたら、お昼食べ損ねました」

「何やってんだ、お前」

浮田さんは、半年前にパリから帰国したばかりの、三十代後半のファッションデザイナーの男性だ。都内に自分のショップを持つことになったらしく、その設計を佐原さんに依頼している。

「七時半か」

御子柴さんが腕時計に視線を落としてそう呟いた。

その腕時計は、ほとんどの人が知っているブランドの、確か百万円近くするものだ。

そんな高級腕時計で時間を確認すると、御子柴さんの視線は私に向けられる。

「何か食べるか？」

「えっ」

その言葉に顔を上げると、御子柴さんは呆れたような表情でため息をつく。

「腹減ってるんだろ。奢ってやるから」

「でも、あの……」

突然の誘いに困惑してしまう。

というのも、御子柴設計事務所で働き始めて三年が経つけれど、こうして御子柴さんにご飯へ誘われたのは今が初めてだ。

佐原さんとは、佐原さんの美人な奥様も一緒に三人でご飯を食べに行ったことが何度かある。けれど、御子柴さんとふたりで食事をしたことは一度もない。

「行くぞ」

「あ、待ってください」

私の返事を待つことなく、御子柴さんは歩きだしてしまう。そのあとを小走りで追いかけた。

御子柴さんと並んで、大通りを駅のほうへと向かって歩いていく。

「そういえば御子柴さん。先週の金曜日は何か用事でもあったんですか?」

会話がないのも寂しいので、気になっていたことを聞いてみることにした。

「先週?」

「私がアパートを飛び出した日です。御子柴さん、その日は珍しく定時で帰っていて」

「……ああ、あの時か」

御子柴さんは静かに呟く。

「人と会っていたんだ」

「もしかして彼女ですか？」

そう尋ねたら怖い顔で睨まれ、反射的に「すみません」と呟く。

「しつこいな、お前。彼女なんかいないって言ってるだろ。昔からの知り合いだ」

「知り合いですか」

これだけだと、その知り合いが男性なのか女性なのかはわからない。けれど、仕事最優先の御子柴さんを定時で上がらせて会う約束を取りつけられる、それほど深い付き合いだというのはわかった。

「相談に付き合いながら飯を食ってたんだが、そいつに急な仕事の呼び出しがあって早くに解散したんだ」

「忙しい方なんですね」

「社長秘書だからな」

「秘書ですか」

それを聞いて、なんとなく女性が思い浮かんだ。

「それで、事務所に戻って仕事でもしようと思ったら、雨でずぶ濡れのお前がいたってわけだ」

そうだったんだと納得した私に、御子柴さんがちらりと視線を向ける。

「それよりも、お前はあの時、俺が事務所に戻らなかったらどうするつもりだったんだ。家を飛び出してきたはいいが、何も持ってなかったんだろ」

「そうですよね。私、どうするつもりだったんでしょう……」

俊君の浮気現場を見てしまったことがショックで、アパートから着のみ着のまま飛び出した。結果的に御子柴さんに拾ってもらえたからよかったものの、最悪、雨の中を野宿するしかなかったかもしれない。

「御子柴さんが来てくれて、よかったです。ありがとうございます」

御子柴さんを見上げて笑いかけると、その目が一瞬大きく見開かれるのがわかった。

さっと素早く私から視線をそらし、「頼むからやめろ、その顔」と、ボソボソ呟きながら、手で口元を覆って顔半分を隠してしまった。

その仕草に、私は「ん?」と、眉間に皺を寄せてしまった。やめろと言われても、こういう顔なんだから仕方がない。

普段、仕事でミスばかりしているせいで、御子柴さんの私への評価が低いことは知っていた。だけど、まさか顔の評価まで低かったとは。自分が特別美人だとは思っていないけど、笑顔を向けて視線をそらされるほど見られない顔でもないと思う。せっかく感謝の言葉を口にしたのに失礼なことを言われ、軽くショックを受けた私は、御子柴さんからプイと視線をそらした。

そのあとも、御子柴さんに話しかけたものの、なかなか会話が弾まない。気がつけば駅の近くまで歩いてきた。

人通りが徐々に多くなり、賑やかになっていく。飲食店も何店かあるけれど、御子柴さんはそれには全く見向きもしない。むしろ、そこからどんどん遠ざかって、やがてビルとビルの間にある細い路地を曲がり、狭い裏路地へと入っていった。

本当に、こんなところに食事のできる店があるのかと不安に思いつつ、御子柴さんについていくと、どこからか食欲をそそるこうばしい匂いが漂ってきた。

やがて、白い煙がもくもくと上がる建物が見えると、その前で御子柴さんが足を止める。そして腕時計に視線を落とした。

「この時間はちょうど混んでるな。席が空いていればいいんだが」

そんな御子柴さんの呟きを聞きながら、私はお店の外観を眺める。

昭和の香りが漂う建物は、よく言えば趣《おもむき》があるし、悪く言えば……ボロい。そんな古いビルの一階に店舗をかまえているのは、店名が書かれている看板から察するに焼き鳥屋のようだ。

引き戸を開けて中へ入っていく御子柴さんに続く。それほど広くはない店内のカウンターと小上がりは、ほぼ満席。するとカウンターの男女二人組が、ちょうど席を立ち、そこに案内された。

狭い店内なので椅子と椅子の距離が近く、腰を下ろすと隣に座っている御子柴さんの腕に私の腕が少しだけぶつかってしまう。

御子柴さんがさっとメニューに目を通しながらコースを注文してくれた。慣れた様子に、この店の常連なんだとわかる。

あとは生ビールとウーロン茶。

私はお酒にかなり弱いので、普段からアルコールは飲まないようにしている。以前、御子柴設計事務所に入った時に開いてもらった歓迎会で、ビールをひと口飲んだだけで気分が悪くなり、吐いてしまったことがあった。御子柴さんは、その時のことが忘れられないのか、以後、飲み会の席では私にお酒を飲ませようとはしない。

それにしても、まさか御子柴さんの行きつけがこんな路地裏にひっそりとあるようなお店だったとは。

「御子柴さんといえば、イタリアンとかフレンチの高級店をイメージしていました」

「イタリアンやフレンチが食べたかったのか？」

「いえ、そういうことじゃなくて。こういう庶民的なお店に御子柴さんも入るんだなぁと驚いただけです」

「俺はこういう店のほうが落ち着くけどな」

御子柴さんは運ばれてきたビールをひと口飲んだ。私もウーロン茶を飲む。

「百瀬以外の女性とならきっとイタリアンやフレンチの店に入ったかもしれないな」

「どういう意味ですか？」

「百瀬相手に気取っても仕方ないってことだ」

「なるほど……」

つい納得してしまったけれど、ここは納得してもよいところなのだろうか。

「はいよ。お待ちどーさん」

威勢のいい店主が、カウンター越しに焼き鳥の盛り合わせを出してくれた。六種類の串が並んでいて、一本一本が結構なボリュームがある。

「わぁ！　美味しそうですね」

まずは焼き鳥の定番メニュー、ねぎまをいただいてみる。柔らかくてジューシーなもも肉の間に挟まれているねぎも、また柔らかくて甘い。

あっという間に食べ終えて、次はぼんじり。こりこりとした食感で、噛めば噛むほど味が口の中いっぱいに広がっていく。こちらもあっという間に食べてしまった。

三本目は、私の大好きなつくねだ。それに手を伸ばしつつ、隣でビールを飲んでいる御子柴さんに声をかける。

「そういえば御子柴さんは、どうして建築家になろうと思ったんですか？」

「なんだ、急に」

「なんとなく聞いてみました」

御子柴さんには、実家が経営している大企業の跡取りになる道があったはずなのに、その道を外れてまで建築家という仕事に飛び込んだのはどうしてなんだろうと、以前から気になっていた。

いい機会だから聞いてみたけれど、なかなか言葉が返ってこない。教えてもらえないのかも、と思い始めたところで、御子柴さんはビールをひと口あおると、唐突に話を切り出した。

「小学生の頃、担任の提案でクラス全員、とあるコンクールに応募したんだ」

「コンクールですか？」

「ああ。全国の小学生を対象にして『自分の理想の家』というテーマで、好きにデザイン画を描くというコンクールだったんだが、そこで俺の作品が大賞を取った」

「おお！　さすが御子柴さんですね」

もしかして、その頃から建築家としての才能があったのかもしれない。

「そのことを家に帰って親に伝えたら、親父がすごく喜んで俺を褒めてくれた。勉強で一番を取っても、運動会で一位を取っても、習っていたピアノのコンクールで優秀賞をもらっても、何をしても褒めてくれなかった親父が、俺の頭を撫でながら『すごいな、悟』って言ったんだ」

その時のことを思い出しているのか、御子柴さんの表情はいつもよりも少しだけ柔らかい気がした。

「その頃だな、建築家になりたいって思ったのは。もともと絵を描いたり、物を作ったりするのが好きだったこともあったし、何より、親父に褒められたのが嬉しくて、俺には建物をデザインする才能があると思い込んだ。もっとすごいデザインをして、これが実際に形になったら親父が喜んでくれると思ったんだ」

「なんだか可愛い理由だったんですね」

つい、顔がほころんでしまう。まさか、お父さんに褒められたのが、建築家を志した理由だなんて。今のクールな御子柴さんからは想像もできない。

「それならきっと、今頃、お父さんは大喜びですね。御子柴さんが、今ではたくさん賞をもらうほどすごい建築家になって」

言ってから、ハッと気がついた。

――マズいかも。

御子柴さんのお父さんは、自分の跡を継ぐべきひとり息子の御子柴さんが、建築家という仕事を選んだことに猛反対しているんだった。喜んでいるわけがない。

私ときたら、つい余計なことを言ってしまった。

ちらっと御子柴さんへ視線を向けると、黙ってビールを飲んでいる。

怒ってるかな?と不安になるも、御子柴さんの今の表情からは何も読み取ることができない。

とりあえず話題を変えよう。

「そういえば私、御子柴さんの設計した建物をしっかりと見たことがなかったかもしれないです」

私は「見てみたいなぁ」とポツリと呟く。

写真でなら完成したものをいくつか見たけれど、実際にこの目で見たことはまだなかったはず。

　すると、御子柴さんの視線が私に向けられる。

「それなら、毎日見てるだろ」

「え……？」

「お前が今住んでいる俺の家。あのマンションも、俺が設計したんだから」

「そうだったんですか？」

　あのオシャレなマンションも、御子柴さんが設計したものだったんだ。

「それは知りませんでした」

「まぁ、今から五年くらい前に設計したやつだから、お前が事務所に入る前のことだ」

　あのマンションには、ところどころにほかのマンションにはないようなこだわりがある。高級感があり、エントランスは豪華ホテルのロビーのようだし、エレベーターホールへ向かう途中には吹き抜けになった中庭があって、各部屋のバルコニーから見えるようになっている。どれも、設計した御子柴さんのこだわりなのかもしれない。

「御子柴さんは、自分の設計したマンションに住んでるってことですか？」

「そうなるな。あのマンションの管理会社のオーナーとは、もともと知り合いなんだ。で、そいつの依頼ですべて俺の自由に設計していいと言われてデザインしたら、その出来上がりがかなり気に入ってな。それに事務所からも距離が近いし、せっかくだからひと部屋貸してもらって住むことにしたんだ」

「そうだったんですね」

それにしても、自分の設計したマンションが気に入って、入居してしまうなんて。

「御子柴さんて、本当に仕事が好きですよね」

これまでの話を聞いて、改めてそう感じることができた。

「そうだな。最初は親父に褒められたって単純な理由から始まったけど、建築の専門の大学に入ってからは学ぶことひとつひとつが面白かったし、建築会社に就職してからは自分のデザインした建物が実際に建つことにやりがいを感じた。今では建築家が俺の天職だと思ってる」

そう語る御子柴さんの横顔に私は思わず見惚れていた。

「私、御子柴さん素敵だと思います」

建築家を志した理由も、お父さんに褒められたからという、すごくシンプルだけど純粋なものだと思う。

子供の頃の夢を親に反対されても、諦めることなく叶えて、今では御子柴さんに設計を依頼すると予約が三年待ちになるほど売れっ子の建築家になっている。けれど、そのことに決して天狗になるわけでもなく、コツコツと仕事を続けている。

朝は誰よりも早く出勤して、夜も遅くまで事務所に残って仕事をして。休日もクライアントとの打ち合わせを入れていたりするし。御子柴さんは一体、いつ休んでいるのかと少し心配になるくらい仕事ばかりしている人だ。

でも、それもこれも、すべてこの仕事が好きだからこそなんだと思う。

そんな御子柴さんのことを、私はとても尊敬するしカッコいいと思う。その気持ちを伝えたくなってしまい『素敵』と言葉にしてみた。

そして、食べることを再開させる。

うん、やっぱりつくね美味しい。

一本食べたら、もう一本食べたくなってしまった。単品で注文してもいいかなと、ちらっと御子柴さんへ視線を向けると、どうやら御子柴さんも私を見ていたようで視線がぶつかる。

「何か?」

あまりにもじっと見られていたので、何事かと心配になり首を傾げる。

「いや……。なんでもない」

御子柴さんは私から視線をそらし、静かに答えてビールに口をつけた。

「お前、あの浮気男とは、あれからどうなったんだ」

浮気男とは、つまり俊君のことだろう。

「もう忘れたいので、その話はやめてください」

そう言って、私はつくねをもぐもぐと食べる。

あれから俊君からの連絡もないし、私からも連絡をしていない。今思えば、本当に呆気ない幕引きだと思う。七年も付き合って同棲もしていたというのに、浮気をされたあげく、まともに言葉を交わさないままのお別れなんて。

俊君のことを思い出したら、急に食欲がなくなってしまった。食べかけのつくねをお皿の上に戻す。

「それなら、スマホの待ち受けを変えたらどうだ」

その言葉に隣を見ると、御子柴さんは一気にビールをあおった。そして空になったグラスをテーブルにゆっくりと置く。

「忘れたいと思っている男の写真を、仕事中にちらちらと見るな」

思わず身体が強張った。

御子柴さん、気づいていたんだ。私が仕事中のふとした瞬間、スマホに手が伸びて待ち受けを見ていること……。

私だって、あれから何度も待ち受けを変えようとはしている。でも、なぜかいつもできずに結局はそのままにしてしまうのだ。

忘れたいと思いながらも、私の心の中から俊君が完全に消えてくれない。

「もう一度、お互いが冷静な時にしっかりと会って話をしたらどうだ」

そう言って、御子柴さんは追加で運ばれてきたビールに口をつけた。それを一気に飲み干して、グラスをテーブルにそっと置く。

「お前がしっかりとあの男と別れないと、俺も前に進んでいいのかわからない」

呟くような御子柴さんの声が聞こえた。

「……どういう意味ですか？」

どうして、私が俊君とはっきりと別れないと、御子柴さんが前に進めないのだろう。

そもそも、どこへ進むの？

意味がわからなくて尋ねてみたけれど、御子柴さんは「自分で考えろ」と、言葉を濁すだけで教えてはくれなかった。

決別

「別れた恋人を忘れるにはどうしたらいいと思いますか？」

翌日、佐原さんと事務所内でお昼休憩を取りながら、ふとこんなことを尋ねてみた。御子柴さんは午前中から打ち合わせで事務所を留守にしているので、事務所内には私と佐原さんのふたりだけだ。

唐突にこんな質問をされたからなのか、佐原さんは愛妻弁当の卵焼きをもぐもぐと食べながら、キョトンとした顔で私を見ている。しばらくして、ようやく話が呑み込めたのか、ゆっくりと口を開いた。

「もしかして雛子ちゃん。浮気した彼氏のこと、まだ好きなの？」

「いえ、まだ好きというか忘れられなくて。七年も付き合っていたから、隣にいるのが当たり前になっていたというか……ふとした時に思い出しちゃうんです」

答えながら、コンビニの鮭おにぎりをちびちびとかじる。今日の私のお昼はこれだけ。引っ越し資金が貯まるまで節約を強いられているので、お昼はおにぎりひとつと決めている。

だから佐原さんが広げている美味しそうな愛妻弁当が、さっきからうらやましくて仕方がない。

「そっか。忘れられないか」

佐原さんは箸を置くと、優しく私に微笑みかけてくれる。

「どうしたら忘れられると思いますか？」

「うーん、難しいね」

佐原さんは右手を顎に添えながら、考え込んでしまった。

きっと佐原さんのほうが、私よりもいろいろな恋愛を経験していると思って相談してみたけれど、やっぱり答えを出すのは難しい質問だったらしい。

けれど、しばらくするとハッと何かを思いついたような表情になる。

「月並みな答えだけど、新しい恋をするのはどうかな」

「新しい恋、ですか」

「そう。ほかの誰かを好きになれば、別れた彼氏のことなんか自然と思い出さなくなるよ」

そう微笑むと、佐原さんは箸を手に取り、再び愛妻弁当を食べ始めた。

新しい恋と言われても……。

「私、俊君が初めての彼氏だったんです。絶対に運命の人だと思って、いつかはこの人と結婚するんだろうなぁって思ってたのに……」

深いため息がこぼれてしまう。

「七年も付き合って、お互いのことすごくわかっているつもりだったし、同棲までしていたはずなのに。浮気をされていたなんて、全く気がつきませんでした。結構……、いや、かなり悲しくて、ショックが大きいんです。今はまだ、新しい恋をする自信がありません」

私が今の自分の正直な気持ちを打ち明けると、佐原さんは「そっか」と頷いた。そして「でも大丈夫」と笑顔を見せる。

「雛子ちゃんのことが大好きで、すごく大切にしてくれる人が、きっと現れるよ。そうしたら、また自然と恋がしたくなるから」

自信たっぷりに佐原さんは言うけれど、私の気持ちは浮上しない。

「そんな相手、私に現れるでしょうか……」

自信のない言葉がこぼれてしまう。けれど、そんな私に佐原さんはとびきりの笑顔を向けてくれる。

「うん。いつか、ね。……というかもう近くにいたりして?」

「え……」

その時、事務所の扉が大きく開いた。御子柴さんが戻ってきたようだ。

「おかえり、悟」

「おかえりなさい」

私と佐原さんが声をかけても、御子柴さんは何も答えず窓際の自席へと向かう。カバンを放り投げるようにデスクに置くと、椅子に腰を下ろし、背もたれに寄りかかった。天井を見上げて目をつむり、深く長い息を吐く御子柴さんは、なんだかお疲れの様子だ。

目頭のあたりを手で揉みながら、御子柴さんが椅子に座り直す。そして次の瞬間、その視線が私をロックした。

「おい、百瀬」

低い声で名前を呼ばれたので、「はい」と返事をしてから立ち上がる。

「ちょっと来い」

慌てて駆け寄ると、目の前の御子柴さんはいつも以上に眉間の皺を深くしている。

経験上、これはあまりよろしくない展開が待ちかまえていることにすぐに気がつく。

「あ、あの。私、また何かしちゃいました？」

恐る恐る尋ねると、御子柴さんの眉間の皺がさらに深くなる。そして、カバンからホチキスで留められた十数枚の紙の束を取り出すと、それをデスクへ放り投げた。

「一枚足りない」

「へ？」

「お前に頼んだ打ち合わせ用の資料が、一枚抜けていた。しかも、一番重要なページがな」

「……あ」

そのことに関しては、すぐに思い当たった。私は慌てて自席へと戻り、椅子を引いて、デスクの下を覗き込む。

思っていた通り、そこにはＡ４サイズの紙が一枚落ちていて……。

確認すると、それは御子柴さんに足りないと言われた資料だった。なぜこんなところに落ちていたのかというと、また私のうっかりが原因だ。

今朝、出社してすぐ御子柴さんに頼まれて、二十枚ほどの資料をコピーした。それをすべてホチキスで留めようとした時に、うっかり手が滑って床にばらまいてしまったのだ。

すぐに拾って、ページを確認しながらまとめたつもりだったけれど、何をどうミスしたのか、この一枚だけ抜け落ちていたらしい。

またやってしまった……。

足りなかったページを持って、御子柴さんのデスクへ行き、「すみません」と深く頭を下げる。

「デスクの下に落としていました」

正直にそう告げると、御子柴さんの深いため息が聞こえた。

下げていた顔をゆっくりと上げながら御子柴さんへと視線を移す。すると、腕組みをしながら眉間に皺を寄せて、私をじっと見ている鋭い目と視線がぶつかった。

「大体、お前はなぁ」

それから一時間ほど、私は御子柴さんから厳しいお説教を受けてしまった。


その日の夜。

御子柴さんはどうやら帰りが遅くなるらしい。建築関係の仲間との会食があるからと、仕事を終えて佐原さんと一緒に出かけていった。

私は夕食を済ませて、シャワーも浴びた。時刻は夜の九時で、寝るにはまだ早い。

リビングのソファに腰を下ろし、まったりとスウェット姿でくつろぎながら、スマホをいじる。

待ち受け画面は、今も変わらず俊君とのツーショット。浮気をされた彼氏を待ち受けにしているなんて、どうなんだろう。御子柴さんにも言われてしまったし、そろそろ変えないといけないことは、よくわかっている。これじゃあ未練タラタラだ。

浮気をしたサイテー男のはずなのに……。

この待ち受けを消そうとするたび、俊君との七年間の思い出が蘇《よみがえ》ってきてしまう。それはすべて楽しいものばかりで、ついその思い出に浸ってしまい……結局、待ち受けを変えられないまま、もうすぐ俊君の浮気発覚から一週間が経とうとしていた。

待ち受けをぼんやりと眺めていると、スマホが突然、ブルブルと震えだした。どうやら電話らしい。

相手は……。

「えっ、あ、嘘?」

画面に現れた【俊君】の二文字に、一気に動揺してしまう。

「ど、どうしよう」

出る？　出ない？

その二択に悩みながら、スマホ画面をじっと見つめる。

今はまだ俊君と話をしたくはない。どんな内容で電話をかけてきているのかはわからないけれど、俊君の声を聞いてしまったら、ますます未練が溢れそうで怖かった。

かといって、このままでいいとも思っていない。御子柴さんにも言われた通り、一度、しっかりと顔を突き合わせて話をしないと……。

「おい」

「わっ!」

突然、背後から低い声が聞こえた。振り向くと、いつの間に帰ってきたのか、御子柴さんが立っていた。突然声をかけられたことに驚いてしまい、その拍子で俊君からの電話を思わず切ってしまう。

スマホの画面が再び、俊君とのツーショットの待ち受けに戻った。

「シュークリーム買ってきたんだが、食べるか?」

御子柴さんはそう言うと、お店のロゴが描かれた白い箱を持ち上げて、私に見せる。

「あ! それ、知ってます」

そのロゴには見覚えがあった。以前、佐原さんとふたりでお昼休憩を取っていた時に、事務所のテレビで見たバラエティ番組で、大物芸能人の手土産として紹介されていたお店だ。

そこのシュークリームが美味しそうで、ずっと気になってはいたけれど、まさか御子柴さんが買って帰ってくるなんて。

「食べます！」

私は座っていたソファから、勢いよく立ち上がった。そしてスマホをポケットにさっとしまう。

寝る前に甘い物を食べてもいいのだろうかと、多少の罪悪感を覚えながらも、シュークリームの誘惑に負けた。

「んー！　美味しい！」

口に入れた瞬間、カスタードクリームの濃厚な甘さが口いっぱいに広がる。さくっとしたシュー生地も美味しい。パクパクと食べ進めてしまう。

「御子柴さんも、どうぞ」

キッチンのほうへ視線を向けると、そこでは御子柴さんが冷蔵庫に寄りかかりながらグラスに注いだ水を飲んでいた。

シュークリームはふたつあったので、そのうちのひとつをすすめるけれど、彼は静かに首を横に振る。

「いや、俺はいい」

「食べないんですか？　じゃあ、箱に入れておくので、明日食べてくださいね」

「それも、お前にやるよ」

「えっ、いいんですか？」

せっかく買ってきたのに食べないの？と、不思議に思っていると、ふと思い出した。

そういえば、御子柴さんは甘い物が苦手だったはずだ。

以前、クライアント先の女性が打ち合わせで事務所を訪れた時に、差し入れでケーキを持ってきてくれたことがあった。御子柴さんがそれにひと口も手をつけていなかったことが気になって、あとから佐原さんにこっそりと聞いてみた。すると、御子柴さんは甘い物が大の苦手で、ひと口でも食べると、その甘さで気分が悪くなり、吐き気がするのだと教えてもらったのだ。

てっきり、自分も食べるために買ってきたのかと思ったけれど……そこまでスイーツを毛嫌いしている人が、どうしてわざわざシュークリームなんて買って帰ってきたんだろう。しかも、ふたつも。

御子柴さんが食べないなら、もったいないから私が食べるしかない。でも、さすがの私もこんな時間にシュークリームふたつは食べすぎだ。もうひとつは明日食べることにして、箱の蓋を閉めていると、ある考えが浮かんで手を止める。

「もしかして御子柴さん、このシュークリーム、私のために買ってきてくれたんですか？」

キッチンにいる御子柴さんに声をかける。聞こえているはずなのに返事がない。

グラスをゆすぐ音だけが静かに響く。

しばらくして、濡れた手をタオルで拭きながらボソッと呟いた。

「佐原に言われたんだ。お前がそこのシュークリームを食べたがっていたから、買って帰ればきっと喜んでもらえるって」

「え？」

ということは、やっぱり私のためにふたつも買ってきてくれたってこと？

なんだか、胸がじんわりと熱くなっていく。

「ありがとうございます、御子柴さん。私、今すごく嬉しいです」

食べてみたかったシュークリームを食べられたこともそうだけど、それよりも普段は愛想の欠片もない御子柴さんが、私のためにわざわざ買ってきてくれたことが、とても嬉しかった。

「残りのひとつも、明日大切に食べます」

シュークリームの入った箱を抱きしめながらそう言うと、普段は真一文字にきつく結ばれていることが多い唇の端が、わずかに上がった。

「大げさだな、お前」

御子柴さんが、笑った。

それに私は思わず見惚れてしまう。カッコいいとかそういうんじゃなくて、感動だ。

普段は仏頂面のあの御子柴さんが、私のためにシュークリームを買ってきてくれて、そのうえ笑ったんだから。

「それじゃ、俺はシャワーでも浴びてくる」

そう言うと、御子柴さんはキッチンを離れてリビングの扉へと向かう。ドアノブに手をかけたところで、何かを思い出したのか「なぁ百瀬」と、私を振り返った。

「なんですか？」

「明日、建築中の戸建て住宅の進捗確認に行くんだが、お前も一緒に来るか？」

「えっ⁉　私もですか？」

「ああ。明日の午後一時だ」

それだけ言うと、御子柴さんは今度こそリビングをあとにした。ぴしゃりと閉められた扉を見つめながら、私の頭にまたも疑問が生まれる。

どうして、私が物件の進捗状況の確認に同行するんだろう？

事務員として働く私の仕事は、事務所内でのデスクワークが中心になっている。仕事中の外出といえば、お金関係で銀行へ行く時や、役所に書類を提出しに行く時だけ。ましてや御子柴さんの付き添いで物件の進捗状況の確認に行くなんて、ありえない。建築の進捗状況の確認といえば、工事に遅れはないか、図面通りに進んでいるかなどを建築家自身が確認することだけれど。そんなところへ建築知識の全くない私を連れていって、どうするんだろう。


その理由を教えてもらうことなく、翌日の午後一時はやってきた。

事務所を出た私たちが、地下鉄を乗り継いでやってきたのは、都内でも有名な高級住宅地。ずらりと豪邸が立ち並ぶ様子に、あたりをきょろきょろと見渡しながら、思わず感嘆の声をあげてしまう。

「わー！　すごい！　立派なお家《うち》がたくさんですね」

お屋敷のような立派な家がずらりと道路に面していて、ガレージにあるのはどの家も必ず外車だ。都会の真ん中だというのに緑も多く、静寂に包まれていた。

そんな高級住宅地の中にある建築途中の家の前で、御子柴さんは足を止めた。どうやらこの家が、御子柴さんが設計をした家のようだ。

ほぼ出来上がっているその家は、大きさもさることながら、外観もすごくオシャレだ。白い壁にオレンジ色の瓦屋根、そしてアーチ状の玄関ポーチなど、日本ではあまり見かけないデザインのような気がする。

「これはクライアントの希望で、南欧をイメージして設計したんだ」

隣から声が聞こえて、そちらに視線を向けると、御子柴さんが両手を腰に当てながら目の前の家を誇らしげに見上げている。

「前に見たいって言ってただろ」

ポツリと呟いた言葉に、一昨日《おとつい》の夜のことを思い出した。

そういえば、焼き鳥を食べながら、私は御子柴さんの設計した建物を見たことがないというようなことを言った気がする。それを覚えていて、わざわざ連れてきてくれたのかな？

「南欧っていうのは、地中海に面した地域で、日差しが強く乾燥した気候が特徴的だ。白く塗られた壁には日差しを反射して室内を涼しく保つ効果があるし、オレンジや赤のようなカラフルな素焼きの瓦屋根は断熱性に優れている」

そう説明する横顔は、まるで少年のように輝いている。普段、仏頂面を見慣れている私からしたら、こんな生き生きとした表情を見るのは初めてかも。

御子柴さんは、本当に自分の仕事が好きなんだなぁ。

大企業の次期社長の椅子を蹴り、お父さんの反対を押し切って、自分の夢を叶えて成功している御子柴さんは、やっぱりとても素敵だ。

私は建築中の立派な家を見上げながら、声をかける。

「御子柴さんの仕事って、改めて考えるとすごいですよね」

「何が?」

「だって、一本の線を繋いで描いたものが、実際に今はこんなに大きな形になって目の前にあるんですよ」

それってとてもすごいことだと思う。

「それに、この家だけじゃなくて、御子柴さんが今まで設計してきたたくさんの建物は、これからも残るんですよ。ちょっと例えが悪いですけど、この先、御子柴さんが死んでしまっても、御子柴さんがデザインした建物はずっと残っている。これって、とてもすごいことだと思いませんか」

私は、隣の御子柴さんを振り仰いだ。けれど御子柴さんは、私へ視線を送ったまますっかり黙ってしまっている。

もしかして、私、また変なこと言ったかな……。

一瞬、不安になったけれど、どうやらそうではなかったらしい。しばらくすると、いつもは固く結ばれている唇がフッと小さくほころんだ。

「俺が死んでもずっと残る、か。まぁ、建物にもいつかは寿命がくるが。そうだな。百瀬の言いたいことは、なんとなくわかるよ」

そう言うと、御子柴さんの手がふと私のほうへと伸びてくる。そのままポンと私の頭に手を載せると、くしゃっと優しく髪を撫でながら御子柴さんが口を開く。

「そんな考え方ができるお前を、俺の事務所へ入れてよかった」

え……？

突然飛び出した言葉が信じられなくて、私はつい聞き返してしまう。

「本当ですか？　本当に、私なんかを入れてよかったって思ってます？」

「ああ」

「で、でも私、いつもミスばっかりだし……」

時々、御子柴設計事務所は、私のようなミスばかりの事務員なんていないほうが、仕事がうまく回っていくのではないかと思うことがある。

ミスをして迷惑をかけてばかりの私より、もっとほかに新しい事務員を入れたほうが、御子柴設計事務所のためなんじゃないかって。

「まぁ、確かにそうだな。お前はミスやドジばかりするから、見てるとヒヤヒヤするし、たまにイライラもする。こいつ本当に大丈夫なのかと、いつも心配になる」

「そ、そうでしたか。それは、すみません」

まさか、そこまで心配をかけてしまっていたとは。申し訳ない気持ちでいっぱいになってしまった私は、とっさに頭を下げる。

「でもまぁ、そんなお前といると、俺は不思議と肩の力が抜けるんだよな」

その言葉にパッと顔を上げて、彼を見つめる。

「俺は、子供の頃から厳しい親父の目が気になって、なんでも完璧にそつなくこなしてきた。それが当たり前の環境で育ったせいか、自分の少しのミスも許せない。そんな性格を、たまに窮屈に思って、生きづらいと感じる時がある」

大企業の御曹司である御子柴さんは、子供の頃から跡継ぎとして、周囲からの期待を一身に受けて育ったんだろう。ごく普通の家庭で、自由に育てられた私からは想像もつかないけれど。

「そんな時にアホみたいなミスばっかりしてるお前を見てると、気が抜けるっていうか、完璧を求めすぎる自分がバカバカしく思えてくる。何を気負って生きてんだろうって肩の力が抜ける。そういう意味では、俺はお前のミスに助けられてるのかもな」

すかさず言い返すと、御子柴さんが再び口角をわずかに上げて、静かに笑った。私はそんな彼の横顔を、黙って見つめる。

「どっちなんですか」

「といっても、お前のミスには迷惑してるけどな」

「え……」

「まぁ、でもミスが多いことは置いといて、お前にはやっぱりいろいろと助けられてるよ。仕事が立て込んでいて忙しい時に、そっとコーヒーを出してくれたり、打ち合わせが長引いて疲れて事務所へ帰ってきた時、『おかえりなさい』って笑顔で迎えてくれたり、慣れない図面のコピーや模型の製作を一生懸命手伝ってくれたり。どんな仕事を頼んでも、嫌な顔ひとつせずに頑張ってくれている。つまり、俺に……じゃなくて、俺と佐原は、お前が必要ってことだ」

御子柴さんらしくない言葉に、思わずキョトンとしてしまう。

まさか、私のことをそんな風に思っていてくれたなんて。

どうしよう。すごく嬉しい。

こんな私でも、少しは役に立てているみたいでよかった。

「御子柴さん！　私、これからも、もっともっと頑張りますっ！　御子柴さんと佐原さんのお役に立てるように」

「その意気込みはいいんだが、ほどほどにしとけよ。お前は調子に乗った時ほど、ミスが多いから」

そう指摘されてしまい、「すみません」と頭を下げる。

「お前は、今でも充分俺たちの役に立ってるんだ。感謝してる」

そう言うと、御子柴さんの手が再び私の頭にポンと載る。そのまま髪をくしゃっと撫でると、その手はそっと離れていった。


事務所へ戻り、仕事の続きをしてから、私は今日も定時で仕事を終えた。御子柴さんはまだ今日中に終えてしまいたい仕事があるらしく、いつも通り残業をしてから夜の八時過ぎには家に帰ってきた。

「御子柴さんのお父さんって、怖い人なんですか?」

夕食をとりながら、私は目の前に座る彼にふと尋ねてみた。

ちなみに、今日の夕食も私が作った。形や大きさがバラバラのハンバーグだ。ソースも作ってみたけれど、なんだか酸っぱい気がする。どうしてだろう? レシピ通りに作ったはずなのに、また完璧にできなかった。

それなのに御子柴さんは何も言わずに、黙々と食べてくれている。

「親父か？　……そうだな。怖いというか、厳しい人だな」

箸でハンバーグをつまみながら、御子柴さんが私の質問に答えてくれる。それを聞いた私は、思わずため息をこぼしてしまった。

大企業の社長という肩書きだけでも、自分とは住む世界が違いすぎて近寄りがたいのに、さらに厳しい人だと聞くと、ますますお父さんと対峙《たいじ》するのが怖くなってくる。

「もしかして、創立記念パーティーが心配か？」

そんな私の気持ちを察してくれたのか、彼がそっと声をかけてくれたので、正直に「はい」と小さく頷いた。

彼女役として出席することになっている創立記念パーティーは、いよいよ二日後の土曜日に迫っている。

御子柴さんには鈍感だと言われてしまったけれど、さすがの私もだんだんと緊張してきた。

「そんなにかまえなくても大丈夫だ。お前はただ、俺の彼女として隣にいるだけでいいから」

「そうは言っても……」

不安なものは不安だ。本当に、私なんかが彼女役でいいのかな。私と御子柴さんとではやっぱり釣り合わない気がする。

かといって、今さら、やっぱりできませんとは言えない。当日の衣装や小物類まで、すでに買ってもらったし。

もし私が偽の恋人だと気づかれてしまったら、お父さんはきっと腹を立てるに違いない。

「そんなに不安ならやめとくか？」

ふと御子柴さんの声が聞こえて、顔を上げる。

「無理してまでやってほしいとは思ってない」

「でも、それじゃあ彼女役はどうするんですか？」

お父さんに、本当のことを打ち明けるつもりなのかな。

「まぁ、お前がダメなら、ほかを当たるから気にするな」

「ほかですか？」

どうやら、私以外の人に彼女役を頼むということらしい。

「間に合うんですか？」

「間に合わせるさ」

創立記念パーティーまであと二日しかないのに、今になって彼女役を受けてくれる人なんているのかな。

それに、もしも受けてくれる人が現れたとして、その人が御子柴さんの彼女として隣に立つのは、なんとなく嫌だ。

もちろん、その日その場だけの恋人設定だけれど、それでも御子柴さんの隣にほかの女性がいるのを想像したら、なぜか胸の奥がきゅっと苦しくなった。

どうしてだろう……？

そんなモヤモヤを取り払うように、私は声を張り上げる。

「大丈夫です。私、彼女役、やります。御子柴さんに恩返しもしたいので」

「だから、そんなつもりで俺はお前をこの家に置いてるわけじゃないって、言ってるだろ」

御子柴さんが呆れたように言った、その時だった。

テーブルの隅に置いていた私のスマホが、振動を始めた。どうやら電話がかかってきているようで、画面に表示されているのは【俊君】の二文字。

そういえば昨日もかかってきたけれど、私は出なかった。そして、今日も静かに電話を切る。

「出なくていいのか？」

そう尋ねられたけれど、私は首を大きく縦に振る。

「はい。出なくていいんです」

食事の続きを始めると、またスマホが振動を始めた。それをまた切ろうとしたけれど、御子柴さんに止められてしまう。

「あの男からだろ？」

どうやら御子柴さんも、電話をかけてきているのが俊君だとわかっているらしい。留守電の設定をしていないので、呼び出しの表示がまだ続いている。

「話すことなんて、何もないので」

「お前にはなくても、向こうにはあるんじゃないのか。だからこうして電話をかけてきてるんだろ」

何も言い返すことができず、鳴り続けるスマホの画面を見つめる。

「話だけでも聞いてあげたらどうだ」

そういえば、御子柴さんには、俊君ともう一度しっかり話をしろと言われている。

本当はそうしたほうがいいのはわかってる。俊君とこのまま曖昧な状態で別れたら、きっと心の中にずっとモヤモヤとした気持ちが残ってしまう。そうならないためにも、最後にしっかりと会って、別れなければならない。

自分を奮い立たせるために、私は深く深呼吸をした。

「電話してきます」

スマホを手に静かに立ち上がると、俊君の電話に出るためリビングをあとにした。


翌日の仕事終わり。

俊君から待ち合わせ場所に指定されたのは、駅ビルの一階にあるチェーンのコーヒーショップだった。

ほどよく混み合っている店内のカウンターで、私はブレンドコーヒーを注文する。砂糖もミルクも入れない。なんとなく、今は甘い物を身体に取り込みたくなかった。

コーヒーを受け取ると、テーブル席で唯一空いていた窓際の四人がけの席に腰を下ろす。腕時計を確認すると、待ち合わせ時間の六時半ぴったりだった。

スマホをいじりながら俊君を待っていたけれど、彼が到着したのは私がここへ来てから三十分が経過した頃だった。

「遅れてごめん」

そう言ってやってきた彼の後ろには、ひとりの女性が立っていた。

——この人には見覚えがある。確かあの日、俊君と一緒にベッドで寝ていた女性だ。どうして、彼女もここにいるの？

「俊太、飲み物どうする？」

「あっ、いつもので」

「カフェラテね。わかった。待ってて」

女性は俊君に飲み物を尋ねると、颯爽とカウンターへと向かった。それを見届けた俊君が、私の向かいの席の椅子に腰を下ろす。

「ごめん、雛子。本当は俺ひとりで来ようと思ってたんだ。でも、それを美弥《みや》さんに話したら、一緒に来たいって言われて。いいかな？」

彼女、美弥さんて名前なんだ。

一緒にいいかなと言われても、もう来てしまっているのだからダメとは言えない。私は黙って頷いた。

両手にカップを持って、美弥さんが戻ってくる。

「はい、俊太。熱いからね」

「あ、うん。ありがとう」

俊君にカップを手渡すと、美弥さんは俊君の隣の席に腰掛けた。そして自分のカップにゆっくりと口をつける。

真っ赤な口紅。綺麗に引かれたアイライン。長い睫《まつげ》。少し茶色がかった髪の毛は綺麗にパーマがかかっているし、手の爪は綺麗にネイルが施されている。服装はビシッとしたパンツスーツで、いかにも仕事のできる大人の女性という印象だ。

自分とはまるで正反対の美弥さんに、なんだか女性として負けた気がして少し落ち込む。

でも、彼女に俊君をとられてしまった時点で、私はもう完敗しているんだった。

そのあとの俊君の話によると、美弥さんは俊君と同じ職場の五つ年上の先輩で、入社したばかりの俊君の指導を担当していたらしい。初めは先輩後輩という関係で親しくしていたけれど、その関係は発展し、いつの間にか男女の仲になっていたそうだ。

俊君は私という彼女がいることを美弥さんに話していたし、美弥さんもそれを承知で俊君と付き合っていたようで、つまり、ふたりは共犯者だった。

「ごめん、雛子。俺と別れてほしい」

すべてを話し終えると、俊君は私に向かって深く頭を下げた。その形のいいつむじを、ぼんやりと見つめる。

俊君が連絡を取ってきた理由は、私としっかりとお別れをするためだったんだ。

もちろん、私もそのつもりでここへ来た。

悔しいとか悲しいとか、そういういろいろな感情がぐるぐると駆け巡る。けれど、そんな自分の感情を、どんな言葉で俊君にぶつけたらいいのかわからない。

本当は今日、俊君に会ったら、もっといろいろと言いたいことがあったし、聞きたいことがあった。浮気なんて最低だと、きつく言い放とうと思っていた。

でも、今さら何を言っても遅い気がした。別れたくないと駄々をこねることなんてできないし、そもそも、俊君の気持ちはもう美弥さんに向かっているのだから、それを私のほうに向かせることはできるはずがない。

私は自分を落ち着けるために、小さく息を吐き出した。

「うん。わかった」

この結末を受け入れて素直に頷いた、その時——。

ダンッと強い力でテーブルを叩く音がした。驚いて視線を向ければ、俊君の隣に座っている美弥さんが、私を睨みつけている。

「なんなのよ、あなた。信じられないんだけど」

明らかに、私への敵意を含んだ鋭い声で告げる。

「七年も付き合った彼氏にフラれたのよ。しかも、別の女と浮気をして。普通なら、

「文句のひとつやふたつでも言わない？　どうしてあなた、そんなに冷静なのよ」

「美弥さん、落ち着いて」

俊君が隣の席の美弥さんをなだめるように言うと、彼女の視線が私から俊君へと移動する。

「俊太も俊太よ。さっきの『ごめん』って何？」

「えっ、でもほら。俺、雛子のこと裏切ったから……」

「だからって謝る必要ある？　私とのことに罪悪感でもあるの？」

「別に、そういうつもりじゃ……」

俊君が黙ってしまった。すると、美弥さんの視線が再び私に戻ってくる。

「あなた、こんな時までものわかりのいい女ぶって。あなたみたいなイイ子ちゃんが、私は大嫌いなのよ」

面と向かってそんなことを言われてしまった私は、完全に委縮してしまい、何も言い返すことができない。

別に、ものわかりのいい女ぶっているつもりはないのに。

どうして、浮気相手の女性に、そんなことまで言われないといけないんだろう。

どうして、こんな展開になっているんだろう。

どうして、美弥さんが怒っているの？　彼女からしたら、私が俊君と別れることで邪魔者がいなくなるんだから、それでいいはずなのに。

どうして、私を攻撃するようなことを言ってくるの？　私は、何も悪いことをしていないのに。

むしろ、私に隠れて付き合っていた俊君と美弥さんに騙されていたのに。

そう思ったら、途端に悲しくなってきた。

膝の上に置いた手をギュッと握りしめると、うつむいて下唇を強く噛みしめる。

今すぐ、ここから帰りたい。

でも、身体が動かない。

すると、その時。

「ここ、空いてるか」

そんな言葉とともに、隣の席に誰かが腰を下ろしたのがわかった。顔を上げてその人物を確認した私は、思わず「えっ？」と声をあげてしまう。

御子柴さんだった。

彼は飲み物をテーブルに置くと、カバンからノートパソコンを取り出す。そしてカタカタとキーボードを打ち始めた。

「えっと、御子柴さん、どうして……？」

私が問いかけると、御子柴さんはパソコン画面を見ながら答える。

「雨宿りに寄ったら、ここしか席が空いてなかったんだ。で、お前の姿が見えたから隣に座っただけ」

その言葉にふと店内を見渡すと、確かに満席状態だ。それから窓の外へ視線を向けると、行き交う人たちの手には傘が握られ、薄暗い中でもわかるくらい、アスファルトがしっとりと濡れていた。

いつの間に雨が降ってきたのだろう。私がここへ来た時はまだ降っていなかったのに。念のため、カバンの中に折り畳み傘を忍ばせておいてよかった。

「あなたは確か、雛子の会社の上司の方ですよね？」

気がついた俊君が声をかけると、御子柴さんは静かに「ああ」と頷いた。それを聞いた美弥さんの視線が、私の隣へと向けられる。

「すみません。私たち今、大事な話をしているの。関係ない人は席を外してもらえませんか」

トゲのある美弥さんの言葉に、御子柴さんの手がピタリと止まった。

「うちの大事な事務員が泣かされそうになってるんだ。関係ないはずないだろ」

そう言って、美弥さんを睨み返す。

そのままふたりは、火花を散らすように視線を合わせていたけれど、しばらくして美弥さんが大きなため息とともに目をそらした。そんな彼女に、御子柴さんが鋭い言葉を投げかける。

「あんた、一体、何を焦ってるんだ?」

御子柴さんは、視線をパソコンの画面に戻すと、長い指でキーボードを打ち始める。

「その男が選んだのはあんたなんだから、もうそれでいいだろ。それなのに、どうして前の彼女のこいつに、あんたはそんなにケンカ腰なんだ」

「わ、私は、そんなつもりじゃ……」

そう言って、美弥さんは口を閉ざしてしまった。それからカップの中身を一気に飲み干すと、さっと椅子から立ち上がる。

「もういい。行こう、俊太」

美弥さんは俊君の腕をつかむと、ぐいっと引っ張って無理やり立たせた。そのままふたりがこの場を去ろうとしたので、私は慌てて声をかけて立ち上がる。

「俊君、待って」

カバンの中から折り畳み傘を取り出すと、それを俊君に渡した。

「傘、持ってないよね？　外、雨降ってるから。ひとつしかないんだけど、美弥さんと一緒に入って帰って」

「あ、ああ、うん。ありがとう」

俊君が少しためらいながら私の傘を受け取ると、ちらっと美弥さんへ視線を送る。

彼女は不満そうな顔をしながら、「行こう」と俊君を引っ張って歩きだした。

ふたりの姿が見えなくなるまで見送ると、私はため息をついて腰を下ろした。

窓際の席には私と御子柴さんだけが残される。相変わらずパソコン画面を見つめながらキーボードを叩いている御子柴さんの横顔に、私はそっと声をかけてみた。

「ありがとうございました」

「何が？」

「私の隣に来てくれたことです」

「それなら、帰る途中に降ってきた雨をしのぐために寄っただけって言っただろ」

「でも、事務所から御子柴さんのマンションまでって、この道は通りませんよ」

むしろ逆方向だと思う。それに、さっき御子柴さんがカバンからノートパソコンを取り出した時に、折り畳み傘も見えた。

すると、これまで軽快にキーボードを打っていた御子柴さんの手が止まった。けれど、またすぐに動きだす。

「道を間違えたんだ。ぼんやりと考え事をしながら歩いていたら、うっかりこんなところまで来てしまった」

「そうですか」

ここは、そういうことにしておいてあげよう。

でも、私は彼が嘘をついていることをちゃんと知っている。

考え事をしていたせいで道を間違えるなんて、うっかり常習犯の私ならありえるかもしれないけれど、御子柴さんに限ってそんなおっちょこちょいなことは絶対にしない。だから、雨宿りも嘘だ。

それに彼は、私が今日この場所で俊君と会うことを知っている。昨夜、俊君との電話のあとで、御子柴さんに今日の待ち合わせの場所を尋ねられたから。

その時は、特に気にせずに場所を教えたけれど、御子柴さんは私を心配して、こっそりと様子を見に来てくれるつもりだったのかもしれない。実際に彼は今、私の隣にいて、美弥さんにきつい言葉を浴びせられた私を助けてくれた。

ちらっと隣の席の御子柴さんへ視線を送ると、普段の仕事中の時のように難しい表情でキーボードを打っている。

「ありがとうございます、御子柴さん」

改めてお礼の言葉を告げるけれど、御子柴さんはいつものように素っ気ない。

「なんのことだ。俺は、お前に礼を言われるようなことはしていないはずだが」

「いえ、私を助けてくれました。だから、ありがとうございます」

ふふ、と私は小さく笑った。そんな私を御子柴さんは一瞬だけちらっと見て、すぐにパソコン画面へと視線を戻す。

私の知っている御子柴さんは、常に仏頂面で、愛想がなくて、厳しくて、怖くて、どちらかというと近寄りがたい雰囲気の人だった。

だけど、最近はそれがだんだんと変わりつつある。

住む家を失くした私に自宅の一室を貸してくれたり、荷物を取りにアパートへ戻る私のことが心配で一緒に来てくれたり、美味しくないはずのカレーを残さずに食べてくれたり、高級ドレスをプレゼントしてくれたり。今も、こうしてバレバレの嘘をついてまで、私の様子を見に来てくれたり……。

御子柴さんは、実はとても優しい人なのかもしれない。

ふとそう気がついた私は、飲みかけのブレンドコーヒーに口をつける。それはすっかりぬるくなってしまっていたし、砂糖もミルクも入れなかったから、その慣れない苦さに思わず顔をしかめてしまう。

「それよりもお前はどうするんだ」

御子柴さんの声が聞こえたので、視線を彼に向けた。

「まだ雨降ってるのに、あの男に傘を渡しただろ。お前はどうやって帰る気だ」

「それなら大丈夫です。御子柴さんの傘に入れてもらうので」

そう言って、私はちらっと椅子の下にあるカバンに視線を向けた。

「御子柴さん優しいから、私のこと傘に入れてくれますよね」

パソコン画面を見つめている御子柴さんの顔を覗き込むと、彼の視線が一瞬だけ私を見た。でもまたすぐにそらされてしまう。

「別に、俺は誰にでも優しいってわけじゃない」

中身を喉に流し込んでからカップをテーブルに置いた御子柴さんの視線が、再び私に向けられる。

「お前だからだよ」

「え……」

一瞬、何を言われたのか理解できなかった。

「惚れてる女が目の前で困っているのを、放っておける男がいるわけないだろ」

さらっとそう告げると、御子柴さんはノートパソコンをぱたりと閉じる。

一方の私は、口をポカンと開けたまま、その場に固まってしまった。

惚れてる女って誰のこと？

まさか、私……？

その瞬間、かぁっと身体中が熱くなり、心臓がドキドキと動きだす。

いや、でも、もしかしたら私の聞き間違いかもしれない。絶対にありえない。

御子柴さんが私に惚れるなんてありえない。

「ほら、そろそろ帰るぞ。俺の傘に入ってくんだろ」

御子柴さんが早々と席を立ち、歩きだす。

「あ、待ってください」

まだドキドキしている心臓を落ち着けながら、置いていかれないよう、その背中を慌てて追いかけた。

その日の夜、マンションへ戻った私は、さっそくスマホの待ち受けを変えた。

俊君とのツーショット写真は、アルバムごと消した。そのほか、俊君がちらっとでも入り込んでいる写真すべて。

そうしたら少しだけ気分がすっきりとして、前を向けた気がする。

佐原さんが言っていたような『新しい恋』はまだできないけれど、それでもまたいつか誰かを好きになれたらいいなと思う。

その時、ふと御子柴さんの顔が思い浮かんでしまい、私は頭をぶんぶんと横に大きく振った。

御子柴さんと恋なんてありえない。こんな私が、彼に釣り合うとは思わないから。

創立記念パーティー

翌日の土曜日は、朝から雲ひとつない晴天で、この季節にしては温かな気温だった。けれど、日が暮れていくにつれて空には分厚い雲が出始めて、気温も少しずつ下がり始めている。

そんな下り坂の天気は、まるで今の私の気分のようだ。

「いいか。お前は余計なことは何も言うな。何か聞かれても、極力俺がすべて答える。それでも、もしお前に質問が回ったら、さっき決めた通りに話せ。覚えてるか？」

「はい。……あ、えっと、私たち付き合って何年になるんでしたっけ？　三年？　二年？」

「一年だ。なんで、さっき話し合ったことの内容がもう頭から抜けてんだ、アホ」

アホって……。

仮にも今日一日、彼女になるんだから、もっと優しくしてくれてもいいのに。こんな時でも御子柴さんは私に容赦ない。

いや、こんな時だからこそ、余計に厳しくなっているのかもしれない。

今日は、このあと午後六時から、都内の一流ホテルで御子柴商事の創立記念パーティーが開かれる。

私はそこで、御子柴さんの彼女として彼のお父さんに紹介されることになっている。

そこで私たちが偽の恋人であることがバレないように、会場から少し離れたカフェでふたりの設定をいろいろと考えていた。

「いいか。引き受けたからにはしっかりとやれよ」

「はい。もちろんです」

「今考えた設定、本番で忘れたら来月の給料を減らすからな」

「そ、そんなっ！」

「冗談だよ」

そう言って、御子柴さんが椅子からすっと立ち上がる。

「そろそろ時間だ。行くぞ」

ビシッとしたスーツを着こなす御子柴さんは腕時計を確認すると、出口へと向かって店内を足早に歩き始める。

「あ。待ってください」

私も急いで椅子から立ち上がり、御子柴さんのあとを追いかけようとする。けれど、椅子の上にハンドバッグを置き去りにしていることに気がつき、慌てて手に取った。危ない。忘れていくところだった。

やっぱり少しだけ動揺しているのかもしれない。

御子柴さんのお父さんの前で、きちんと彼女役をこなすことができるのか。いつもみたいにドジを踏んだりしないだろうか。とにかく心配で、昨日は緊張してよく眠れなかった。

今もまだ不安な気持ちが強いけれど、それでも御子柴さんのために頑張らないと。

「よしっ！」

気合を入れ直すため、両手で頬を軽くパンと叩いた。それから、ちらっと店内を見回すと、御子柴さんはすでに扉を開けていた。

その背中を追いかけて外に出ると、ひんやりとした風が通り抜けていく。

この時期、日差しがあれば昼間でもまだ温かいけれど、今日のように雲が多く時間帯も遅くなってくると、少し肌寒く感じる。

昼間の穏やかな気温に惑わされて、完全に服装を間違えてしまった。

先日、御子柴さんに買ってもらった高級ブランドのドレスだけだと、外を歩くのには少し寒い。何か薄手の羽織り物を持ってくればよかった。

冷たい風が吹くたびに身体がブルッと震えてしまう。その寒さから身を守るよう、両手で自分の腕をさすっていると、ふわっと何かが肩にかけられた。

その瞬間、先ほどまでの寒さがなくなった。

「これでも着とけ」

隣を見ると、御子柴さんはワイシャツにネクタイ姿だ。彼が着ていた上等なスーツは、震えていた私の身体をすっぽりと覆ってくれている。

「ありがとうございます」

御子柴さんを見上げてお礼を言うと、またひとつ、ひんやりとした風が吹き抜けていく。彼が両手をズボンのポケットに入れたのを見て、もしかして私に上着を貸してしまったので寒いのでは、と心配になる。

「御子柴さんは大丈夫ですか？」

そう声をかけると、「俺の心配はいらん」とぶっきらぼうな言葉が返ってくる。

「それよりも、お前に風邪でも引かれたら困る」

ポツリと言うと、御子柴さんはプイと顔を背け、長い足で歩きだした。

「あ。待ってください」

大きな背中を少し後ろから見つめながら、昨日の言葉を思い出す。

『惚れてる女が目の前で困っているのを、放っておける男がいるわけないだろ』

瞬間、ポッと顔が赤くなった。

あれは、どういう意味だったんだろう。

惚れてる女って、やっぱり私のことなのかな？

でも、どう考えても、御子柴さんが私をそういう風に意識しているとは思えない。

だから、やっぱりあれは私の聞き間違いだ。そう思うことにしているけれど、今みたいにふとした瞬間、思い出してしまう。

気になるけれど、真相を本人に直接聞くこともできない。ひとりモヤモヤとした気持ちを抱えたまま、ここまできてしまった。

しばらく歩くと、本日の会場であるホテルに到着した。

「すごい！　やっぱり大きいですね」

近くから見ると、改めてその巨大さに驚いてしまう。さすが日本を代表する大型ホテルなだけはある。まさか自分がここに足を踏み入れる日がくるとは思わなかった。

それにしても、ここの一番広いホールを借り切って創立記念のパーティーを開くのだから、さすが日本有数の大企業、御子柴商事だ。

ホテルの大きさに驚く私とは正反対に、御子柴さんは顔色ひとつ変えていない。

そういえば、この人は御子柴商事の御曹司なわけで、子供の頃からこういった高級な場所には通い慣れているのかもしれない。

私たちはエレベーターへ乗り込み、五階にある宴会場へと向かった。

【御子柴商事　創立記念パーティー】

大きな看板が出ている会場の入口では、私と年齢が同じか少し上くらいの男性が、ひとりで来場者の受付をしていた。

彼の視線がふと私たちへと向けられると、大きく目を見開くのがわかった。

「悟さん。こんばんは」

受付の男性はやや緊張気味に言うと、腰をほぼ直角に折って、深々と頭を下げる。

すると、それを見ていた御子柴さんが困ったように笑った。

「やめろ、光太郎《こうたろう》。俺にそんな態度取らなくていいっていつも言ってるだろ」

「いえ、そういうわけにはいきません。悟さんは社長の息子さんですし、いずれは御子柴商事を背負って立つ方なので」

その言葉に御子柴さんは一瞬眉をひそめ、そして軽くため息をついた。

「あのなぁ。何度も言ってるが、俺は親父の跡は継がないから」

「でも――」

「ここに名前を書けばいいのか」

「あっ、はい。お願いします」

御子柴さんはさっと話をそらすと、受付テーブルの上に置かれた用紙に自分の名前、同伴者の欄に私の名前を書いてくれた。

その間にちらっと受付の男性へと視線を送ると、彼も私のことを見ていたようで、がっつりと目が合ってしまう。

「あなたが悟さんの彼女さんですか？」

「えっ、あ、はい。そういうことになってます」

この場だけの嘘とはいえ「彼女です」と堂々と答えるのが恥ずかしくなってしまい曖昧に答える。すると、それを聞いていた御子柴さんが不機嫌そうな顔で私を見る。

「なんだ、その言い方。お前は俺の彼女だろ」

「は、はい。すみません」

そんな私たちのやり取りを見ていた受付の男性が、御子柴さんが書いた受付用紙をちらっと確認してから、再び私へと視線を戻した。

「初めまして、えっと……雛子さんでよろしいですか？」

「はい。百瀬雛子です。初めまして」

私がペコリと頭を下げると、彼も丁寧に頭を下げる。

「御子柴商事で社長秘書をしております、芝《しば》光太郎と申します」

そこに、御子柴さんがつけ足すように口を開く。

「光太郎の父親は御子柴商事の副社長で、俺の親父の右腕のような存在なんだ」

「悟さんのことは子供の頃から兄のように慕っているので、今日はそんな悟さんの彼女さんに会えてとても嬉しいです」

そう言って、にこっと笑う芝さんの表情や態度からは、好い人感が滲み出ている。

少し茶色がかったクセのある髪の毛は綺麗にセットしてあるけど、ところどころくるくるとしていて、それが可愛らしい印象を与えている。もしかして、彼も私と同じく天然パーマなのかな?と、ふと親近感を覚えた。

でも、芝さんは立派に社長秘書をしているくらいだから、私と違ってきっとしっかり者なんだろうな。

「光太郎。親父はもう会場にいるのか?」

御子柴さんがそう尋ねると、芝さんは困ったような顔で首を横に振った。

「いえ。それが、社長を乗せた車が渋滞にはまっているようで、少し遅れると、同行している秘書から連絡がありました」


「それなら式の開始も遅れそうだな」

「はい。お集まりになっている方々には申し訳ないですが、先に食事にしていただいています。あ、でも奥様はすでに到着されていましたよ」

「そうか」

御子柴さんは、ちらっと会場のほうへ視線を向けた。

「そういえば、悟さん。この前の金曜日はすみませんでした。俺から誘っておきながら、仕事で先に帰ってしまって」

芝さんが申し訳なさそうな顔で謝ると、御子柴さんがその肩にポンと手を置いた。

「いや、俺のことは気にするな。仕事なら仕方がないだろ。あの親父に呼ばれたらすぐに会社へ戻るしかないからな。光太郎、お前も大変だな。よくやってると思うよ」

「いえ、大変なんてそんな。俺みたいな若造が社長秘書のひとりとしてそばに置いてもらって、近くでその仕事を見られるなんて。とても光栄なことだし、勉強させていただいています」

「そうか」

芝さんの言葉に、御子柴さんの口元がかすかにほころんだ気がした。

「そうだ、悟さん。今度、改めて食事でも行きませんか。また相談に乗ってください」

「ああ。俺でよければ、いつでもいいよ」

「ありがとうございます」

そんなふたりのやり取りを聞いていた私は、あることに気がついた。

もしかしてこの前、御子柴さんが珍しく定時で仕事を切り上げて会っていた知り合いって、芝さんなのかも。

ふたりは子供の頃からの仲で、見るからに親しそうだ。芝さんなら、仕事命の御子柴さんを、定時で上がらせてまで食事の約束を取ることができそう。

社長秘書と聞いて、私は勝手に女性をイメージしていたけれど、どうやら違ったみたいだ。

女性じゃなくてよかった。と、ホッとしている自分がいる。

……ん？　どうして、あの日の御子柴さんの食事相手が女性じゃないとわかって、安心しているんだろう。

「おい、行くぞ」

声をかけられてハッと我に返る。気がつくと、御子柴さんは会場の入口付近で私を待っていた。

「すぐ行きます」

芝さんに頭を下げて、御子柴さんのもとへ駆け寄った。

会場は、すでに出席者で溢れていた。仕立てのいいスーツ姿の男性陣と華やかなパーティードレスに身を包んだ女性陣が、和やかな雰囲気で談笑をしている。

今日の創立記念パーティーには御子柴商事の上層部の社員と関係会社の社長、そして同伴者として奥さんと子供などが参加しているらしい。

全体的にそれほどかしこまったものではなく、社長挨拶などが行われる式典のあとは、料理を片手に交流をする立食パーティーになると聞いている。

会場内のテーブルには、すでにたくさんの種類の料理が並んでいた。サラダなどの前菜やスープ、魚料理に肉料理、そしてデザートがふんだんに揃っていて、どれもとても美味しそうだ。

「俺は光太郎の父親にちょっと挨拶してくるから。お前は先に好きな料理でも食べていてくれ」

「わかりました」

「迷子になるなよ」

「なりませんよっ」

広い会場で、人も多いけれど、さすがの私もこんなところで迷うわけない。少しムッとした表情を向けると、御子柴さんは軽く笑ってこの場をあとにした。その背中を見送りつつ、私はさっそく料理を取りに行く。

何から食べようかと迷ったけれど、まずは前菜から。ミニトマトやオクラなど彩りのよい野菜とエビがゼリー状に固められているもの、スモークサーモンとアボカドを重ねて交互に並べた上にチーズを散らしてあるものなど、見た目がオシャレな料理ばかり。

気になったものを数品、お皿に載せて、会場の端へと移動した。料理を口へ運びながら会場内を見渡していると、何か目立つ集団が目に入る。ひとりの長身男性を取り囲むようにして、若い女性たちの輪ができていた。

「あれ？」

中心にいるのは、どう見ても御子柴さん。

芝さんのお父さんに挨拶に行くと言っていたけれど、どうしてあんなところで若い女性陣に取り囲まれているのだろう。もしかしたら、挨拶に行く途中だったのを引き留められて、あの状況になっているのかも。

それにしても、あんなにたくさんの若い女性に囲まれるなんて、御子柴さんって人気者だなぁ。

でも確かに、御子柴さんは背も高いし、端正な顔立ちだし、仕事においても優秀だし、それに大企業の御曹司だし。あのくらいモテて当たり前なのかもしれない。

当人は、自分を取り囲む女性たちに対して、相変わらず笑顔のひとつも向けてはいないけれど、話しかけられるとしっかりと耳を傾けて、丁寧に言葉を返している。

私の場所からだと、その会話内容まではわからない。けれど、女性たちに対する御子柴さんの態度が、普段よりすごく優しい気がする。

なんだか御子柴さんらしくない……。

そう思ったら胸の奥が少しだけきゅっと苦しくなった。

私の知っている御子柴さんは、常に仏頂面で、不機嫌な声で喋る人で。あんな風に、愛想なんて振りまくような人じゃないのに。なんだかモヤモヤしてしまう。

これ以上、いつもと違う姿を見ていたくなくて、私はそっと視線をそらした。そして、そんなモヤモヤを取り払おうと、口を大きく開けてトマトとチーズのカプレーゼを頬張る。

すると「コホッ、コホッコホッ……」と、後ろのほうで誰かが苦しそうに咳《せ》き込む音が聞こえた。振り向くと、上品な着物姿の六十代ぐらいの女性が、胸のあたりに手を当てて、乾いた咳をしている。

私は近くにあるテーブルにお皿を置いて、女性へと駆け寄った。

「大丈夫ですか？」

「ええ。ちょっと気分が悪くなってしまって」

コホッと、また女性は咳をする。

立っているのがつらそうなので、どこか座れそうな場所はないかとあたりを見渡す。

会場内の一角に椅子がまとめて置かれていたので、それをひとつ持ってきた。

「こちらに座ってください」

女性の腰に手を回して支えながら、ゆっくりと椅子に座らせる。

まだ苦しそうな咳が続いているので、とりあえず何か飲み物を取ってこよう。

「少し待っていてください」

ドリンクコーナーに水の入ったグラスを見つけたので、それを手に取って戻った。

「どうぞ、お水です」

「ごめんなさいね。ありがとう」

グラスを渡すと、とても小さな声が返ってきた。女性は、ゆっくりと水を飲んでいる。半分ほど飲み終えたところで、「大丈夫ですか？」と声をかけると、「ええ、さっきよりだいぶいいわ」と返事があったので、安心した。でも、まだ少し苦しそうなので、そっと背中をさすってあげる。

「奥様、いかがされましたか？」

四十代ぐらいの黒いスーツ姿の男性が慌てて駆け寄ってきた。

「発作ですか？　お薬は？」

「もう平気よ。だいぶ楽になったわ」

心配そうに見つめる男性に、女性は微笑みながら「この方が親切にしてくださったのよ」と、私へ視線を向ける。

すると、男性が深く頭を下げてきた。

「このたびは奥様がお世話になりまして、大変ありがとうございました」

「あ、いえ、私は別に」

たいしたことはしていないので、頭を下げるのはやめてほしい。

「本当にありがとう、お嬢さん」

女性にも改めてお礼を言われて、私は小さな声で「はい」と頷いた。すると、女性が突然パァッと顔を明るくする。

「ねぇ、あなたのお名前、伺ってもいいかしら」

「私ですか？」

名前は教えてもいいのかな？　御子柴さんからは余計なことするなって言われたけど、この場合はどうなんだろう。でも、名前くらいなら教えてもいいよね？

「百瀬といいます。百瀬雛子です」

「雛子ちゃん。まぁ、可愛いお名前ね。椿《つばき》です」

「え？」

「私の名前よ」

そう言って、女性――椿さんは口元に手を添えて、上品に笑った。

「奥様。一度、お部屋に戻りましょう」

男性がそっと椿さんに声をかける。

「旦那様より先ほど連絡がありまして、到着が少し遅れるとのことです。奥様は、それまでお部屋でお休みになっていてください」

「ええ、そうね。そうするわ」

スーツの男性に支えられながら、椿さんがゆっくりと立ち上がる。去り際に「さようなら」と振り返った椿さんに、私も軽く頭を下げた。

この会場内にいるということは、椿さんも御子柴商事の創立記念パーティーの出席者なんだろう。関連会社の社長夫人とかかな？　一緒にいたスーツの男性から『奥様』と丁寧に呼ばれていたし。

どちらにしても、多分もう会うことはない。椿さんだけじゃなくて、この会場にいる人たちと私は住む世界が違う。私は、御子柴さんの彼女役として参加しているだけ。

そういえば、御子柴さんはどうなったんだろう。会場内を見回し、相変わらず若い女性たちに取り囲まれている彼の姿を見つけた。

どれだけ人気者なんだろう……。

それを横目で見つつ、テーブルに置いていたお皿を手に取り、食事を再開させた。

その美味しさに感動しながら食べ進めていると、あっという間にお皿が空になる。

うきうきした気分で次の料理を取りに行き、戻ってくると、なんだかひどく疲れた様子の御子柴さんが私の隣へやってきた。

「モテモテでしたね、御子柴さん。よかったですね」

少しだけ嫌味を込めると、「おかげで光太郎の父親へ挨拶に行く気が失せた」と、うんざりした表情で深いため息をついた。

予定より三十分遅れで、御子柴商事の創立記念パーティーの式典が始まった。

私は、会場の後ろで、御子柴さんと並んでステージの様子を見つめる。

開会の言葉から始まり社長の挨拶へと移る。司会の男性の紹介でステージに登壇したのは、白髪交じりの髪に、すらっと背の高いスーツ姿の年配の男性だった。

一瞬、隣にいる御子柴さんと見比べてしまう。顔のつくりや放つ雰囲気が、すごく似ている。

「本日はお越しいただき、ありがとうございます。代表取締役社長の御子柴了《とおる》です」

声まで似ている。でも当たり前だ。この人は御子柴さんのお父さんなのだから。

隣にいる彼と、ステージ上にいるお父さんをつい交互に見てしまう。するとそんな私の視線に気がついたのか、ステージをじっと見つめていた御子柴さんの視線が私へと移動する。

「そっくりだとでも思っているんだろ」

「え」

「俺と親父」

そう言うと、御子柴さんの視線がまたゆっくりとステージへと戻っていく。

「子供の頃からよく言われていたからな。俺は親父似で――」

大音量の拍手で、最後のほうはうまく聞き取れなかった。

挨拶を終えた御子柴さんのお父さんが、ステージをゆっくりと下りていく。それから社員表彰、来賓の祝辞、祝電の披露と進んで、式典は終わった。

そのあとは再び立食パーティーとなり、出席者それぞれが食事をしながら会話を楽しんでいる。

そんな和やかな空気の中、きっと私だけ顔がとても強張っていると思う。

ここ最近で一番と言ってもいいほどの緊張感。

いよいよ、御子柴さんのお父さんと会わなければならない。これこそ、私がこの創立記念パーティーに参加した理由だから、しっかりやり遂げないと。

こんな私でも、日本を代表する大企業の社長と会うとなると、さすがに緊張してしまう。これまでの人生で、社長という肩書きのついた人と会うのは初めてだし、しかも相手は、あの御子柴さんのお父さんだ。

粗相のないようにしないと。しっかりと彼女っぽく振る舞わないと。そんなことが頭の中をぐるぐると回っている。

落ち着け、落ち着け、と、心の中で唱えながら、御子柴さんに連れてこられたテーブルでは、ステージにいた白髪交じりの背の高い男性が、椅子にどっしりと腰を下ろしていた。その傍らには、先ほど受付にいた芝さんの姿もある。

間近で見る御子柴さんのお父さんは貫録があり、そのオーラに圧倒されそうになる。

それに、こうして近くから見ると、本当に御子柴さんそっくりだ。

「悟。まさかお前が本当に彼女を連れてくるとはな」

「父さんとの約束は守りますよ」

「今回だけはな」

「どういう意味ですか？」

ふたりの会話はまさに一触即発。顔を合わせてすぐ、御子柴さんとお父さんの周りには険悪なムードが立ち込めている。

私はどうしていいのかわからず、御子柴父子を見守るしかなかった。

不機嫌そうな顔のまま、御子柴さんが私へ視線を向けた。そっと腰に手が当たり、少しだけ引き寄せられる。

「こちらは百瀬雛子さん。俺の事務所で事務員をしてもらってる」

「は、初めまして。百瀬雛子と申します」

御子柴さんの紹介のあとに私も自分から名前を告げると、深く頭を下げた。そのまゆっくりと顔を上げると、御子柴さんそっくりの仏頂面が目に入る。

さすが親子。そんな表情までよく似ている。

「雛子さん。君は、悟と交際してどのくらいになるのかな？」

突然、御子柴さんのお父さんに話を振られて、一瞬言葉に詰まる。

「えっと……一年です」

ここへ来る直前、カフェで確認してきた設定を思い出して私は答えた。

「一年か。まだ交際期間は浅いな」

ポツリと、そう呟くと——。

「それなら雛子さん。悪いが、悟とは別れてくれないか？」

「え……」

「君と悟とでは釣り合わないと思わないか？　悟は、御子柴商事の大切な跡取りなんだ。悟にはそれ相応のふさわしい女性がいるんだよ。君じゃなくてね」

……なんだか嫌な言い方だ。何も、そこまではっきりと言わなくてもいいのに。

本当に御子柴さんと付き合っているわけではないけれど、お父さんの言葉が胸にチクリと突き刺さる。

どう答えていいのかわからずに黙っていると、すかさず御子柴さんが割って入ってきてくれた。

「父さん。そんな言い方しなくていいだろ。それに、もう何度も言ってるが、俺は御子柴商事を継ぐ気はないし、父さんが決めた相手と結婚をする気もない」

「悟。それはお前のワガママだ。御子柴家に生まれたからには、先祖代々守ってきた会社を、今度はお前が継いで守っていかないといけない。そうだろ？」

「俺は――」

「だから、今すぐ建築家なんていう仕事は辞めろ。お前がなぜそんな職に就いたのか、理解ができない」

吐き捨てるように言って、御子柴さんのお父さんは大きなため息をついた。そばでは、芝さんが御子柴さんとお父さんの顔を交互に見て、オロオロとしている。

「大体、お前が建築家なんてやっているのは、学生時代の遊びの延長じゃないのか。二十代のうちはやりたいようにさせてやったが、お前もそろそろ身を固めろ。私の決めた女性と結婚をして、御子柴商事を継ぐんだ。いいな？」

淡々と告げるお父さんの言葉に、御子柴さんは何も言い返すことなく、口を閉じてしまった。

いつもの御子柴さんらしくない、と少し心配になる。

私の知っている彼は、相手が誰であろうと自分の意見をはっきりと言う、いつも自信に満ちてる人なのに。

お父さんを前にして、御子柴さんは完全に委縮しているように見えた。

追い打ちをかけるように、容赦ない言葉が投げかけられる。

「大体、建築家なんてこの世にたくさんいるだろ。悟、お前じゃなくてもいいはずだ。だが、御子柴商事の社長は違う。御子柴の血を引いたお前しかいないんだ。建築の仕事なんか、お前がやらなくても誰かが代わりにやってくれる」

ふと見ると、御子柴さんの身体が震えていた。まるで何かを必死にこらえるように、手をきつく握りしめている。

どうして何も言い返さないんだろう。いつもなら、必ず鋭い言葉で言い返しているはずなのに。

御子柴さんが何も言い返さないなら、私が代わりに言い返したくて仕方がない。正直、私はさっきからお父さんのひと言ひと言に腹が立っている。

建築家の仕事はただの遊び？

そんな人が休日を返上してまでも仕事なんかしたりしない。御子柴さんは、いつも朝早くから深夜まで仕事をしているし、自宅に持ち帰ってまで仕事をしている日もある。そんな風に仕事に対していつも真剣に取り組んでいるのに。

御子柴さんの代わりはいる？

いるわけない。クライアントのほとんどが、その実力とデザインに惹かれて、御子柴さんだからといって依頼をしてくるのに。

お父さんは、何もわかっていない。それなのに、建築家としての御子柴さんのことを悪く言わないでほしい。

まだ何か言っているけれど、私はそろそろ黙って聞いているのが限界になってきた。すぅと小さく息を吸い込み、はぁと大きく吐き出す。

「それは違うと思います」

突然、会話に割って入ってきた私に、御子柴父子と芝さんの視線が向けられる。

私はお父さんのほうに一歩踏み出し、その目を真正面から見据えた。

「確かに建築家はほかにもたくさんいます。でも、だからといって代わりがいるわけではないです。御子柴さんには、御子柴さんにしかできないデザインがあります。御子柴さんの設計を待っている人が、たくさんいるんです」

言い出したら、言葉が止まらなくなった。もっとうまく伝えたいのに、感情が先走りしてしまい、頭に浮かんだことを次々と口にしてしまう。

「それに、御子柴さんは建築家という仕事に誇りを持っています。毎日、朝から夜まで仕事に打ち込んでいるし、休日も返上して働いています。決して、建築家という仕事を遊びでやっているわけではありません。だから、御子柴さんはこれからも建築家の仕事を続けます」

そこまで言うと、御子柴さんを振り返り、「行きましょう」と声をかけた。

これ以上この場にいたら、お父さんにまたどんなひどいことを言われるかわからない。心ない言葉を、彼に聞かせたくはない。

私は、お父さんに一礼すると、御子柴さんの手を引いて会場をあとにした。

ホテルの敷地内を歩き続けて、たどり着いたのは、大きな噴水のある中庭のような場所だった。

あたりはすっかり暗くなっている。こんな時間に外へ出る人はいないのか、そこには私と御子柴さんしかいない。

「すみませんでした」

噴水の前まで来ると開口一番、私は御子柴さんに謝罪する。

「余計なことは言わないっていう約束を破ってしまいました」

ここへ来る前、カフェで御子柴さんからは『余計なことは何も言うな』と、きつく言われていた。もちろん、しっかりと覚えていたけれど……。

「御子柴さんのお父さんの言葉が、どうしても許せなくて」

我慢ができなかったし、あれ以上、好き勝手言わせたくなかった。

「御子柴さんは遊びで建築家をやっているわけではないし、建築家としての御子柴さんの代わりなんていません。それなのに、そんな御子柴さんに対してお父さんのあの言葉はとてもひどいです」

今、思い返しても腹が立つ。気持ちを静めるために、私はひとつ深呼吸をした。

「私は、子供の頃から夢とか何もなくここまできたので。建築家になるという夢を、お父さんに反対されながらも叶えた御子柴さんのことを、とても尊敬するし、カッコいいと思います」

「俺は、あの親父と初対面なのに、あそこまで強気に発言できるお前を尊敬するし、カッコいいと思うけどな」

そう言われて、改めて自分のしてしまったことの重大さに気がついた。

あの大企業、御子柴商事の社長に向かって、私はなんて失礼な態度を取ってしまったんだろう。

もちろん言ったことに対して後悔は全くしていない。けれど、それでも少し不安になってくる。

「お父さん、怒ってますよね」

「怒ってるどころか、殺意すら感じたな」

「そんなっ‼」

「冗談だよ」

そう言って、御子柴さんは軽く笑顔を作るものの、その表情がすぐに曇る。

「ごめんな、百瀬。俺がお前に彼女役を頼んで親父に会わせたりしたせいで、嫌な思いしたよな」

どうやら、私を心配してくれているらしい。

「いえ。私なら大丈夫です」

私は、首を大きく横に振った。

少しは傷つきもしたけれど、落ち込むほどのことでもないから大丈夫。それよりも、私は御子柴さんが心配だ。

「きっといつかは、お父さんも、御子柴さんの仕事を認めてくれますよ」

「そうだといいけどな」

どこか遠くを見つめながら、彼は言葉を続ける。

「子供の頃から、親父は気に入らないものがあると、俺からなんでも奪うような人だったから。今回も、もしかしたら俺の事務所を潰しにくるかもしれないな」

事務所を潰しにくる？

なんだか物騒なセリフだけど、いくら大企業の社長でも、そんなことまではできないと思う。でも、今の御子柴さんは、そんな弱気な妄想をしてしまうほど参っているのかもしれない。

「しっかりしてください、御子柴さんっ！」

気がつくと、私は声を張り上げていた。

「そんな弱気なこと言うなんて、御子柴さんらしくないです。もしもお父さんが御子柴設計事務所を潰そうとするなら、そうならないようにしっかりと守ればいいんです。御子柴さんはひとりじゃないです。佐原さんも、それから頼りないかもしれないけど、私もいます。事務所のことも御子柴さんのこともちゃんと守ります！」

私は右手で拳を作ると、『任せてください』という気持ちを込めて、胸のあたりをトンと叩いた。

真剣に、今の自分の気持ちを伝えた私を、御子柴さんはしばらく見つめていたけれど、やがてきつく結ばれていた彼の口元がフッとほころんだ。

「お前に励ましてもらうようじゃ、俺もダメだな」

言いながら、右手で自分の髪の毛を乱暴にかき回す。そして、その手がふと私のほうへ向かって伸びてきたかと思うと、手首をギュッとつかまれた。

「え……」

そのまま強く引き寄せられ、気がつくと私の身体は、その両腕の中にすっぽりと収まっていた。

えっと……この体勢は？

「あ、あの……、御子柴さん？」

「なぁ百瀬。俺を励ましてくれるなら、しばらくこうさせて」

御子柴さんが私を抱きしめる腕にギュッと力を込める。そして、そのまま私の首もとにそっと顔を埋めた。

彼の息遣いが耳のすぐ近くに聞こえてくるし、髪が頬に当たってくすぐったい。私に覆いかぶさるように抱きしめてくる力は、少し痛いくらいだ。

でも私は、そのまま御子柴さんを受け入れた。だって、いつも強気で、弱いところなんて見せない人が、こんな私にすがりたくなるくらい参っているってことだから。

私は、御子柴さんの背中にそっと手を回すと、上下にさするように優しく撫でた。

すると、耳元で低い声が聞こえた。

「俺さ、実はあの時もお前に助けられたんだ」

「あの時、ですか？」

一体どの時だろう？

そう不思議に思っていると、御子柴さんが私を抱きしめたまま話を続ける。

「三年前、お前がうちの事務所の前で求人チラシを見てた時。実は、あの日も電話で親父と少し揉めていたんだ。理由は、まぁ、さっきと同じようなことなんだが」

つまり、あの日も御子柴さんはお父さんに建築家を辞めて、御子柴商事を継げと説得されていたってことかな。

「親父は昔から高圧的で、俺を常に自分の思い通りに動かしたいと思うような人なんだ。子供の頃からそれに素直に従ってきたせいか、大人になった今でも、あの人に強く言われると、思わず身体が固まって反論できなくなる」

それは先ほど、お父さんを前にして何も言い返すことができずに、握った手をただ震わせていた姿から充分に伝わってきた。

「お前と初めて会った日も、親父に電話で散々辛辣《しんらつ》な言葉を浴びせられて、俺は相当参ってた。追い込まれた俺は、やっぱり親父の言う通り御子柴商事を継ごうと思って、建築家という仕事も事務所も手放す気でいた。でも――」

御子柴さんは言葉を続ける。

「そんな時、お前に会った。落ち込んだ気分のまま事務所を出ると、ビルに貼ってあったうちの事務所の求人チラシを真剣に見つめているお前を見つけた」

私も三年前のその日のことを思い出してみる。

『その求人に興味あるのか？』

あの時、御子柴さんは私にそう尋ねてきた。だから迷わずに頷いて、『こちらで働かせてください』と、御子柴さんにすごい勢いで詰め寄った気がする。

「その時のお前の言葉に、ふと我に返ることができた。俺は、御子柴設計事務所を潰したらいけないんだなって。お前がそう気づかせてくれた」

「私がですか？」

私、何かしたかな？

建築家を辞めて、事務所を畳もうとしていた御子柴さんを、思い直させるような特別なことをした記憶は特にないけれど。

「真剣な表情で、俺の事務所で働きたいと懇願してくるお前を見ていたら、この事務所はもうすぐ潰れますので断ります、とは言えなくなった」

「へ……」

まさか、それが御子柴さんを思い直させたきっかけ？

「くだらない理由かもしれないけど、とにかく俺はあの時のお前に救われたんだ。こうして今も建築家を続けていられるのは、百瀬、お前のおかげでもある」

御子柴さんが私を抱きしめていた腕の力を緩めた。そして、ゆっくりと身体を離すと、私の顔を近くから見つめる。その瞳を私も思わず見つめ返してしまう。

「ありがとな。あの時も今も俺を助けてくれて」

「い、いえ……」

私は、そっと視線を下に落とすと、小さく首を横に振った。

告白

パーティーから一週間ほどが経った。

カタカタとキーボードを打ちながら、私は睡魔と戦っていた。ぽかぽかと暖かな日差しが差し込む午後一時過ぎ。決まってこの時間帯に眠くなるのは、どうしてだろう。いくら、夜にたっぷりと寝て爽やかに朝を迎えても、お昼過ぎになると絶対に眠くなるから困ってしまう。多分、私の身体はもうそういう風にできているんだと思う。今すぐに寝たい。だけど、今は仕事中。ふりふりと顔を横に振って、眠気をなんとか飛ばす。

御子柴さんも、佐原さんも、打ち合わせで外に出ているため、事務所内は私ひとりだけ。しんと静まっていて余計に眠い。

……いや、寝てもひとりだから、バレないかな？

少しぐらいなら、いいよね。手を休ませて目をつぶるだけ。寝ていない。少し目をつぶるだけだから……。

――ドン！

「きゃっ！」

突然聞こえた大きな音に、ビクンと身体が飛び跳ねた。眠気も一気に引いていく。むしろ、スカッと冴えた。

何事かと音がしたほうを見ると、事務所の扉が大きく開かれている。そして、そこにいる人物に、心の中でため息をついた。

「あれ？　雛子ちゃん、ひとり？」

現れたのは、佐原さんに物件のデザインを依頼しているファッションデザイナーの浮田さん。今日も派手な柄物シャツに、真っ白なズボンがよく似合っている。

「こんにちは、浮田さん。佐原さんなら、今ちょっと別の打ち合わせで出てます。多分、まだあと一時間は戻らないと思いますよ」

どうやら浮田さんは、また佐原さんに連絡のひとつも入れずに、突然ふらりとここへやってきたらしい。

「そっか。佐原さんいないのか。一時間なら、戻ってくるまで待っていようかな」

そう言うと、浮田さんは慣れたように事務所内に入り、応接用のソファに腰を下ろした。その姿に私はこっそりとため息をついて、ゆっくり腰を上げた。

「浮田さん、何か飲みますか？」

「それじゃ、いつものいただこうかな」

「わかりました。コーヒーですね。少し待っていてください」

いつものって……、ここはあなたの行きつけの喫茶店じゃないんだから、と少しムッとしながら、コーヒーサーバーでコーヒーを淹れ、ミルクを添えて持っていく。

「どうぞ」

「ありがとう、雛子ちゃん。お！　さすが俺のコーヒーの飲み方、わかってるね」

浮田さんは、コーヒーがたっぷりと入ったカップの中に、ミルクをくるくると回しかける。

「佐原さんに連絡入れてきますね」

打ち合わせ中だろうから、連絡を入れたところですぐには見てもらえないとは思う。でも一応、浮田さんがいらしていることをメールで伝えておこう。

そう考えて、自分の席へ戻ろうとすると、浮田さんに手首をつかまれ、その場から動けなくなってしまった。

「雛子ちゃん。佐原さんを待っている間、俺の話し相手してよ」

「……わかりました」

浮田さんは佐原さんの大切なお客様。ぞんざいな態度を取るわけにもいかず、頷いてしまう。これも毎回のことだ。

そして、浮田さんとの会話の内容といえば、自慢話がほとんどだ。

ファッション系の大学に通っていた当時のことや、某有名ブランドでデザイナーをしていた頃のこと、パリに留学をしていた時のこと、自分のブランドを立ち上げた時のこと、などなど。

以前聞いた話を、会うたびにまた一から聞かされるので、正直苦手だ。でも「佐原さんの大切なお客様」と、心の中で自分に言い聞かせて、ぐっと我慢する。

「えっと、でもその前に佐原さんに連絡だけしてきますね」

そう答えて私はさっと自席に戻り、デスクに置いてある自分のスマホを手に取った。

素早く佐原さんに向けてのメッセージを作る。

【このまま浮田さんと事務所でふたりきりは気まずいので、なるべく早く帰ってきてください、佐原さん……！】

そんな最後の一文はやっぱり消去して、佐原さんのスマホ宛てに送信した。

それから、浮田さんの待つ応接スペースへ戻り、彼とテーブルを挟んだ向かいのソファに腰を下ろした。

浮田さんは、今日も自慢話をペラペラと喋り続け、私はそれに時々相槌《あいづち》を打ちながら笑顔で耳を傾ける。

ちらちらと時計を気にしながら五分、十分……二十分と経過したところで、浮田さんがふと話題を変える。

「ねぇ雛子ちゃん。今日の夜って空いてる？」

「夜ですか？」

「ご飯でも食べに行かない？」

「え……、えっと」

食事に誘われたとわかった瞬間、私はすぐに断る理由を考えていた。

今夜は特に予定は入っていないけれど、浮田さんと食事に行く気には全くならない。その時の会話の内容も、どうせもう何度となく聞かされた自慢話だろうし。

「ごめんなさい。今日は約束があって」

約束なんて何もないけれど、これ以外に断る理由が思い浮かばなかった。

「もしかして彼氏？」

浮田さんがすぐにそう返してくる。

「俊君、だっけ？」

そういえば以前、浮田さんに『彼氏いるの？』と聞かれたので、私は正直に、付き合って七年になる同棲中の彼氏がいると話したことがあった。たった一回だけの会話だったのに、まさか名前まで覚えているとは。

「いいえ、違います。彼氏とは別れたので……」

そのあとの反応に、正直に打ち明けたことを後悔した。まだ彼氏のいる設定でいたほうが、食事の誘いを断りやすかったかもしれない。

「え⁉ 雛子ちゃん、彼氏と別れたの？ ホントに？ ということは今はフリー？」

浮田さんがなぜか興奮したように、ソファから身を乗り出して尋ねてくる。そんな彼に若干戸惑いつつ、「はい」と小さな声で返事をした。

「よしっ！ これでようやく俺の番が回ってきたぞ」

そう声を張り上げると、浮田さんはなぜか私の隣へと移動してくる。そして、すっと私の肩に腕を回してきた。

瞬間、身体にぞわわわわ～と冷たいものが一気に駆け巡る。

さらに浮田さんが、私の顔を覗き込むように自分の顔を近づけてきた。

「俺、雛子ちゃんのこと本気で狙ってもいい？」

「え？ ……えっと」

突然のことに、どう対応していいのかわからずにいると、事務所のドアが静かに開いたのがわかった。

佐原さんが戻ってきたのかも!

そう思って、そちらに視線を移動させる。

「戻った」

姿を現したのは、御子柴さんだった。

「お、おかえりなさい、御子柴さん」

そう声をかけると、彼の視線はいったん私のデスクへと向かった。けれど、そこに私の姿がないことに気がついたのか、応接スペースへと視線を移動させる。

そこのソファで、私と浮田さんが密着して座っているのを見るなり、御子柴さんはわかりやすいくらいに眉をひそめた。

マズい。

特にやましいことはしていないけれど、ふたりきりの事務所内で、この体勢は誤解されても仕方がない。

ど、どうしよう……。

すると、私の肩に回っていた浮田さんの手がゆっくりと離れていき、まるで何事もなかったかのように、彼は御子柴さんに向かって微笑んだ。

「お邪魔しています、御子柴さん」

「どうも」

浮田さんの挨拶に御子柴さんは短く答えると、私たちからプイと視線をそらした。

そのまま窓際にある自分の席へと向かい、椅子に腰掛ける。カバンからノートパソコンを取り出すと、さっそく仕事に取りかかった。

その表情が、なんだかいつもよりもさらに不機嫌に見えたし、キーボードを打つ音が、いつもよりも力強い。

私は、浮田さんと少し距離を開けてソファに座り直す。

御子柴さんが戻ってきてくれたおかげで、事務所内に浮田さんとふたりきりという状況はなんとか回避できた。これでもう食事の誘いも、身体を密着させてくることもないだろうと、ホッとしたのだけれど。

「今日の夜がダメなら、今週の土曜日はどうかな?」

浮田さんはさらに私を誘ってくる。

「ミュージカルのペアチケットあるんだけど、一緒にどう?」

「ミュージカルですか?」

「興味ない?　結構人気の作品で、なかなか手に入らないいんだよね」

「えっと……」

ミュージカルなんて一度も見たことがないし、正直なところ、それほど興味があるわけではない。

断りたいけど、本当に断っても大丈夫かな？　浮田さんは佐原さんの大事なお客様なわけだし、ここで私が断ったことで気分を害して、佐原さんのこれからの仕事に影響したらどうしよう……と、そんな不安が頭をよぎる。

とはいえ、やっぱり行きたくない。

「そんなに人気のある作品なら、ミュージカル初心者の私よりも、ほかの方を誘ったほうがいいですよ」

「そんな遠慮しなくて大丈夫。俺は、雛子ちゃんと行きたいから誘ったんだから。ミュージカルは午後五時開演だから、そのあとは劇場に隣接するホテルのレストランでディナーでもしよっか」

やんわりと断る方向に持っていこうとしたけれど、どうやら失敗してしまったようだ。ミュージカルのあとに、ディナーも組み込まれてしまうとは。こうなると、いよいよ断りにくい。ここは我慢して行ったほうがいいのかな。

そう思い、承諾の返事をしようとした時だった。

「浮田さん。すみませんが、うちの事務員に手を出さないでもらえますか」

いつの間にか、すぐ近くに御子柴さんが立っている。そして、手に持っていた資料を私の顔と浮田さんの顔の間にすっと入れて壁を作った。

「百瀬。お前はこの資料のコピーを十部だ」

御子柴さんが、私と浮田さんの顔の前にある資料をひらひらとさせる。どうやらこれをコピーしろということらしい。

私はそれを受け取ると、ソファから立ち上がり、急いでコピー機へと向かう。

資料をセットしていると、応接スペースから御子柴さんの声が聞こえた。

「佐原が戻るまで、話し相手なら俺がしましょうか」

「えっ、いや……ああ！　もうこんな時間か。実はこのあと予定が入っているから帰るよ。佐原さんには、また後日と伝えておいてくれるかな」

そう言って、浮田さんは慌ててソファから立ち上がった。そのまま事務所の出入口に向かう背中に、御子柴さんが声をかける。

「浮田さん。今度打ち合わせでいらっしゃる時は、できれば佐原に事前に伝えてからにしてください」

「あ、ああ。もちろん」

浮田さんは私たちを振り返ると、少しひきつった笑顔を見せてから事務所をあとにした。

浮田さんの慌てた様子が不思議で、しばらく扉を見つめていると、いつの間にか御子柴さんがすぐそばに立っていた。そのまま、彼の指がコピーの中断ボタンを押す。

「アホ。こんなの嘘に決まってるだろ」

御子柴さんは、コピー機にセットされた資料を手に取ると、くるくる丸めて私の頭を軽くコツンと叩いた。

「嘘？」

「ああ」

頷きながら、御子柴さんが自席へと戻っていく。その背中を見つめながら、私はハッと気がついた。

もしかして、私が浮田さんに誘われて断れないでいるのを助けてくれた？。

椅子に腰掛けた御子柴さんは、仕事用の眼鏡をかけてノートパソコンのマウスをカチカチと動かしている。

「御子柴さん、ありがとうございました」

お礼の声をかけると、御子柴さんからはなぜか深いため息が聞こえた。

「おい、百瀬。お前、メールを送る相手、間違えてたぞ。俺じゃなくて、佐原にするつもりだったんだろ」

「え？」

「佐原に伝えるはずのメッセージが、俺のスマホに届いてた」

「……あ！」

御子柴さんのスマホに送ってしまったんだ……。

「す、すみませんでした」

私はペコリと頭を下げて御子柴さんに謝罪をする。そういえば以前にも同じようなミスをしてしまった。

確かあの時は今回の逆で、御子柴さんの事務所不在中にお客様が来訪したので、それを知らせようとスマホに電話したところ、間違えて、同じく不在中の佐原さんのスマホの留守電にメッセージを残してしまった。

それに気がついた佐原さんが、御子柴さんに連絡をしてくれたので、なんとか御子柴さんはお客様と会うことができた。あとで御子柴さんにみっちりと怒られてしまったっけ……。

それと同じミスをしてしまうなんて。

私ってば、どうしていつもこうなんだろう。また、御子柴さんに迷惑をかけてしまった。

メールの送信ミスという自分の失態に落ち込んでいると、御子柴さんの座っているほうから軽く息を吐く音が聞こえた。

「まぁ、でも、今回はお前が間違えてくれてよかったよ」

独り言のような呟きに、「え？」と顔を上げる。

「おかげで、お前が浮田さんとふたりきりで出かけるのを阻止できた。……あいつにお前を取られてたまるか」

何を言われているのか、わからなかった。

「えっと……」

どう言葉を返せばいいのか迷っていると、ふと、御子柴さんの『惚れてる女』という先日の言葉を思い出してしまう。

聞き間違いだと思って考えないようにしていた。けれど、先ほどの御子柴さんの言動から実感してしまう。

やっぱり御子柴さんは、私のことが好きなのかも……。

そう思ったら突然恥ずかしくなって、彼を直視できなくなってしまった。視線をそっと下に落とす。すると、また御子柴さんが軽く息を吐いた。

「まぁ、あれだ。浮田さんがお前のどこを気に入ったのかは謎だが、お前のそのおっちょこちょいな本性を知れば、ガッカリするだろうな。浮田さんは、お前のことをわかってないいんだよ。ドジなお前を知れば、きっと気持ちもすぐに冷めるに決まってる」

その言葉に、私はそっと視線を上げる。

「それ、どういう意味ですか」

なんとなくだけど、遠まわしに嫌味を言われている気がして、眉間に皺を寄せてしまう。けれど、そんな私の表情なんか気にすることなく、御子柴さんは言葉を続ける。

「つまり、浮田さんにドジなお前は扱い切れない。仮に、お前と浮田さんが付き合ったとして、お前のドジに振り回される浮田さんが気の毒だ。だから、そうなる前に俺がやんわりと浮田さんをお前から遠ざけてやったんだ。浮田さんには感謝してもらわないとな」

「なっ……」

やっぱり、嫌味言われてる！

ふるふると怒りが込み上がってくる。

前言撤回！　こんなことを言う人が、私を好きなわけない。絶対にない！『惚れてる女』も、私のただの聞き間違いだ。

御子柴さんを静かに睨んでいると、彼の視線は再びパソコン画面に向けられる。

「ほら、早く仕事に戻れ」

一方的に話を終わらせ、御子柴さんは仕事を再開した。

私はまだ言い返したいことがあったけれど、仕方なく自席に戻る。そして仕事の続きを始めたけれど、気がつくと視線が彼へと向かってしまう。

御子柴商事の創立記念パーティーから、今日で約一週間。

あれから御子柴さんとお父さんの関係や、お見合いはどうなったんだろう……。

気になるけれど、そのことについて特に何も話が出ない。さりげなく聞いてみようかとも思ったけれど、どこまで踏み込んでいいのかわからない。

それに、最近の御子柴さんはいつにも増して忙しそうで、少し声をかけづらい。

というのも、再来年にオープン予定の大規模商業施設の設計を請け負ったらしい。

佐原さんによると、初めてその仕事の依頼がきたのは一年ほど前だったそうだ。けれど、御子柴さんはすでに抱えている仕事が多くて断った。それでも、クライアントは御子柴さんの設計が諦められなかったらしく、この一年間、熱心に何度も依頼を続けていた。そのたびに御子柴さんは断っていたけれど、一週間ほど前、突然その依頼を請けたそうだ。

佐原さんは『急にどうしたんだろう?』と、首を傾げていたけれど、私にはその理由がなんとなく思い当たる。

一週間前といえば、御子柴商事の創立記念パーティーがあった。あの時のことがきっかけになったのかもしれない。

今も御子柴さんは資料とパソコン画面を交互に見比べ、眉間に皺を寄せている。時々、目頭を揉む様子に、疲れているのが見て取れる。そういえば、昨夜も日付が変わった頃に帰宅して、今朝も早くに家を出ていった。

多分、今の御子柴さんはほとんど寝ずに仕事をしている。


その日も定時で仕事を終えて事務所を出た。

一階のエントランスを抜けて外へと出る。その瞬間、街路樹の葉を揺らすほどの強い風が吹いてきて、思わず目をつぶった。しばらくして風が収まってから、ゆっくりとまた目を開ける。

なんとなく後ろを振り返り、今さっき出てきたばかりのビルを見上げた。御子柴設計事務所が入っている六階部分は、まだ明かりが煌々《こうこう》としている。

佐原さんはそろそろ帰り仕度を始めていたけれど、御子柴さんはまだ仕事を続けているはずだ。事務所を出る時に『お先に失礼します』と声をかけたものの、集中していたのか返事をしてもらえなかった。

きっと、今夜も遅くまで残業なのだろう。そんな御子柴さんのために、食べてもらえるかわからないけれど、夕食を用意して待っていよう。

冷蔵庫の中身を思い浮かべる。あまり食材が入っていなかったような気がするから、帰りにスーパーに寄らないと。

そう思い、歩き始めた時だった。

突然、目の前にす～っと女の人が現れた。そして、まるで私の進路を塞ぐように立ちはだかって動こうとしない。

「百瀬雛子さんですか？」

すらっとした長身の美女に名前を呼ばれて、私は頷く。

「そうですけど……」

この人、誰だろう？　初対面のはずだけど、私の名前を知っているということは、もしかして知り合い？　でも全く覚えていない。一生懸命、記憶をたどってみるものの、思い出せない。

「少しだけお時間ありますか?」

さらっとした黒髪の女性は、凛とした声でそう私に尋ねてくる。

「は、はい」

私が頷くと、女性は笑顔を浮かべる。そして静かに口を開いた。

「突然、話しかけてすみません。驚かれましたよね。おじ様から雛子さんの噂を聞いて、ぜひお会いしたいと思い、やってきてしまいました」

「おじ様……?」

「はい。悟さんのお父様です」

「御子柴さんの?」

彼女の言葉に、私はますますよくわからなくなってくる。

つまり、彼女は、御子柴さんのお父さんから私の噂を聞いてここへ来たということだけど。彼女と御子柴さんのお父さんの関係って、なんだろう?

「えっと……」

頭の中でいろいろと考えていると、女性がくすっと笑うのがわかった。そして、艶のある黒髪をさっと耳にかける。

「申し遅れました。私、悟さんの婚約者の園田麗子《そのだれいこ》と申します」

婚約者？

突然飛び出したワードに戸惑いつつ、〝ソノダ〟という名前をどこで聞いたかを思い出す。

確か、この前の創立記念パーティーで、御子柴さんがお見合いをするはずだった相手の女性が、ソノダグループの会長の娘さんだった。目の前のこの女性が、その人なのかもしれない。

でも、そのお見合いなら、私が彼女役として出席したからなくなったのでは？　それなのに、彼女は自分のことを『御子柴さんの婚約者』と名乗っている？

いまだに状況がつかめないまま、目の前の園田さんを見つめる。

膝丈の花柄ワンピースの上から黄色のカーディガンを羽織り、手には老舗ブランドの小振りなバッグを持っている。腰にまで届く艶のある黒髪。肌は透き通るように白く、ピンクの唇の下にあるホクロが色っぽい。年齢は、私よりも少しだけ上だと思う。

「私、まわりくどい言い方は苦手なので、単刀直入にお話ししますね」

園田さんは笑顔を浮かべたまま、まっすぐに私を見つめている。

「あなた、御子柴商事の創立記念パーティーにいらしていたみたいだけど、悟さんの彼女ではないですよね？」

「えっ……」

「おじ様は気づかれていますよ。悟さんがお見合いを断る口実に偽者の彼女を連れてきたこと」

園田さんのそのひと言に、『やっぱり……』と納得してしまう自分がいる。

お父さんとは、あの時に初めて会ったけれど、御子柴さんによく似ていて勘の鋭そうな人だった。だから、私みたいな完成度の低い彼女役は、きっと偽者だと見抜かれていると薄々感じてはいた。

「おじ様はそう簡単に騙されませんよ」

「……すみません。嘘をついたりして」

言い逃れできない空気を感じて、私は深く頭を下げた。

「ねぇ、雛子さん」

改めて名前を呼ばれた私は、ゆっくりと顔を上げて目の前の彼女を見つめる。

「あなたからも悟さんに、私と結婚をするよう伝えてくれませんか」

「私がですか?」

「あなたが悟さんの彼女でもなんでもないなら、できますよね」

「……えっ」

私はどう答えていいのかわからず、そっと口を閉じる。

確かに、私は御子柴さんの彼女でもなんでもなくて、御子柴設計事務所のただの事務員だ。でも、そんな私がどうして彼に園田さんとの結婚をすすめないといけないんだろう。

「雛子さんは、これからも悟さんの事務所で働きたいと思っていますか？」

唐突に、そんなことを尋ねられた。

「それは、はい……」

続けたいか続けたくないかと聞かれたら、続けたいに決まっている。

「それならなおさら、悟さんは私と結婚をしたほうがいいと思いますよ。もし断れば、御子柴設計事務所がなくなってしまうかも」

「どういうことですか？」

気になって聞き返す。けれど園田さんは「言葉通りの意味です」としか答えてくれなかった。

「それではよろしくお願いしますね、雛子さん」

「えっ、あの……」

「私はこれで失礼します」

園田さんは軽く頭を下げると、人混みの中へ颯爽と姿を消してしまった。

ポツンと取り残された私は、なんだか胸の奥がざわざわと落ち着かない。

御子柴さんが園田さんと結婚をしないと、御子柴設計事務所がなくなるって……どういうことだろう？

「お前、まだこんなところにいたのか」

背後から聞き慣れた低音が聞こえた。私は慌てて振り向く。

「み、御子柴さん。どうしたんですか」

「どうしたって、仕事が終わったからこれから家に帰るんだろ。いけないのか」

「あっ、いえ。今日は帰るの早いんだなって思って」

ここのところ毎日残業をしていたから、てっきり今日もまだまだ仕事を続けるのかと思っていた。

「佐原に追い出された。たまには早く帰って身体を休めろってな」

不満そうに呟いて、御子柴さんは歩き始める。

そういえば、佐原さんも最近の御子柴さんのハードな仕事振りを、とても心配していた。見るに見兼ねて、無理やり帰らせたんだ。

なんだかんだで御子柴さんは、佐原さんの言うことだけは素直に聞くから、きっと不満を言いつつも、言われた通りに今日は帰宅するのかな。ふたりのそんなやり取りを思い浮かべながら、歩き始めた御子柴さんを追いかける。

「腹減ったな。なんか食って帰るか」

私が隣に並ぶと御子柴さんがそう呟いた。

「お前の好きな物、なんでもご馳走してやるから飯に付き合え」

「いいんですか？」

「ああ。何食いたい？」

「そうですね……」

そう言われて考えていると、しばらくして一軒のお店が頭の中に浮かんだ。

「あ！　それなら行きたいお店があります」

最近、残業続きでお疲れの御子柴さんには、美味しい物を食べて元気を出してもらいたい。そんな思いから選んだのは、私のお気に入りのお店でもある。きっと御子柴さんも気に入ってくれるはずだ。

「美味しそう！」

割り箸を両手で割ってから、顔の前で「いただきます」と手を合わせる。目の前には湯気が上る熱々の塩ラーメン。

「本当にラーメンでよかったのか?」

私たちは、四人がけの席に向かい合って座っていた。テーブルに肘をついている御子柴さんが、目の前に置かれたラーメンに目を輝かせている私をじっと見つめている。

「ラーメンがよかったんです。ここのラーメン好きなので」

まずはレンゲでスープをひと口。うん、やっぱり美味しい。その次は、割り箸で麺をすくい、するすると食べる。

「美味しい」

お腹が空いているから、余計に美味しい。つい言葉もなく黙々と食べてしまう。そんな私を見ていた御子柴さんも、自分のラーメンをゆっくりと食べ始めた。

『好きな物、なんでもご馳走してやる』と言われた私が選んだのが、このラーメン屋だった。

駅前の大通りから少し引っ込んだ場所にあるこのラーメン屋は、いわゆる〝隠れた名店〟で、ランチ時はよく行列ができている。私は列に並べるほどランチの時間に余裕がないので、ここへ食べに来るのは決まって、夕食の時間だ。

今日もお決まりの塩ラーメンを食べていると、店主のおじさんが私たちのテーブルにお皿を差し出した。

「はいよ、雛子ちゃんにサービスだ」

目の前に置かれたのはチャーハン。しかも大きなエビが載ったエビチャーハン。

御子柴設計事務所で働いて約三年。ここ最近は、引っ越し資金を貯めるため来るのを我慢していたけれど、以前は週に一度のペースでこの店にラーメンを食べに来ていた。そんな私は、もうすっかりこの店の常連になっていて、来店するたびに店主のおじさんが声をかけて、サービスしてくれるのだ。

「おじさん、ありがと～。これ美味しいんだよね」

この店はラーメンも美味しいけれど、チャーハンもすごく美味しい。あと餃子も美味しい。おじさんが作る料理は、全部美味しい。

「はいよ、彼氏さんにも」

おじさんは真ん丸い顔をにこにこさせながら、御子柴さんの前にエビチャーハンを置いた。

「ありがとうございます」と、御子柴さんはそれを受け取るけれど、その顔はどこか不機嫌だ。

もしかして、チャーハン嫌いとか？

そう思いながら彼と自分のチャーハンを見比べていると、あることに気がついた私は思わず大きな声をあげてしまった。

「ああっ！　おじさん、ずるい！　御子柴さんのほうがエビが多い」

私のチャーハンにはふたつなのに、御子柴さんには四つも入っている。そのことをすかさず指摘すると、おじさんはケラケラ笑いながら答える。

「彼氏さんはご新規さんだから、サービス増しなんだよ」

「そんなぁ〜」

わかりやすくガッカリしている私を見て、おじさんは声をあげて笑った。その笑い声を聞きながら、私はエビチャーハンをひと口食べる。

すると、御子柴さんが突然、持っていた割り箸を静かにテーブルに置いた。

「すみません。先ほどの言葉に訂正があるのですが」と、その視線がゆっくりとおじさんに向けられる。

「俺は、まだ百瀬の彼氏ではないです。ただの上司です。間違えないでください」

「上司？　……ああ、そうだったのか。すまん、すまん」

きっぱりとそう否定した御子柴さんの言葉に、おじさんが軽く謝る。

もしかして、エビチャーハンが運ばれてきた時、御子柴さんが不機嫌そうな顔をしていたのは、このせいだったのかな?

そういえばあの時、おじさんは、御子柴さんに向かって『彼氏さん』と言っていた。

私は、特に気にすることなくスルーしてしまったけれど、わざわざ否定するほど、御子柴さんは私の彼氏に間違われたことが嫌だったのかもしれない。

……そうだとしたら少し傷つく。

普段、ドジやミスが多いから、もともと御子柴さんにはあまりよく思われていないのはわかっていた。今までなら、それでもなんともなかったのに、なぜか今は嫌われたくないと思っている自分がいる。

できれば、嫌われるよりも好きになってもらいたい。

そう思った瞬間、自分のそんな感情に驚いてしまった。どうしてそんなことを思ったりしたのか、自分でも自分の気持ちがわからない。

突然湧いてきた感情を振り払うように、黙々とエビチャーハンを食べ進めていると、ふと先ほどの御子柴さんの言葉を思い出した。

おじさんに私の彼氏ではないことを伝えた時、御子柴さんは『まだ』という言葉を使っていた。それだとまるでこれから私の彼氏になるみたいな言い方だけれど……。

なんて深く考え過ぎかな、とエビチャーハンをもうひと口食べる。

「雛子ちゃんが男性を連れて店に来たから、俺はてっきり雛子ちゃんの彼氏だと思ったんだが。えっと、名前は俊君だったかな？」

「ぶふっ」

突然、おじさんの口から『俊君』という名前が出てきたので、動揺してチャーハンを口から少し噴き出してしまった。

その先には御子柴さんが座っていて、わかりやすいくらいのイラッとした表情を見せている。

「何やってんだ、お前」

「す、すみません」

テーブルに置いてあった台拭きを慌てて手に取った。その光景に、おじさんはまた大声で笑いだす。って、笑っている場合じゃないよ、おじさん。

おじさんには、私に俊君という彼氏がいて、同棲していることを話したことがある。いつかこの店に俊君を連れてきて、おじさんに紹介しようと思っていたけれど、実現することなく私たちは別れてしまった。

そういえば、俊君と別れたことを、おじさんにはまだ話していなかった。俊君のことは吹っ切れたとはいえ、突然話題に出ると、まだ少しだけ動揺してしまう。

「どうした、雛子ちゃん?」

台拭きを手に持ったまま黙り込んでしまった私を不思議に思ったのか、おじさんが声をかけてくる。

「俊君とは別れました」

ぽそっと小さな声でそう告げたせいで、よく聞こえなかったらしく、「ん?」と、おじさんは聞き返してくる。

私は、さっきより少しだけ声のボリュームを上げた。

「俊君とは別れたんです。家に帰ったら知らない女の人とベッドにいて。私、浮気されてました」

私の突然の告白に、おじさんは口をもごもごとさせている。

もしかして、『ふたりでベッドにいた』まで詳しく説明する必要なかったかな……。

しばらくすると、普段よりもだいぶトーンを落としておじさんが口を開く。

「そうだったのか。それはつらかったな」

おじさんは私の肩にそっと手を置くと、励ますようにポンポンと軽く叩いた。

さっきまで美味しくラーメンを食べていたはずなのに。サービスのエビチャーハンに喜んでいたはずなのに。私のせいで、こんなに湿っぽい空気にしてしまった。元に戻さないと――。

「おじさん。ビールください！」

私はなるべく明るく声を張り上げる。

「お？　おおっ！　そうだな。こんな時は飲もう！　待ってろよ、雛子ちゃん」

おじさんは厨房《ちゅうぼう》から、瓶ビールとグラスを持って戻ってくる。

「はいよ」

おじさんがなみなみとビールを注いでくれたグラスを両手で持つ。

そういえばビールを飲むのはいつぶりだろう。確か、御子柴設計事務所で働くことになった時の歓迎会で飲んだのが最後だったかな。ということは、三年ぶり？

久しぶりのビールに、飲むのを少しためらってしまう。

けれど、今日は飲む！　飲むって決めた！

ビールを目の前にふぅと息を吐いてから、意を決してグラスに口をつける。

――苦い。ビールってこんなに苦かったっけ。

顔をしかめながら、それでも一気に飲み干した。そして、空になったグラスをテーブルに叩きつけるように置く。

「いい飲みっぷりだな！」

おじさんが大きな声で笑いながら、私の背中をバシバシと叩いてくる。私は口の周りについたビールの泡を手の甲でさっと拭いた。

「おい百瀬。お前、大丈夫なのか？ そんなに一気に飲んだりして。また前みたいになるぞ」

それまで黙って見ていた御子柴さんが、少し焦ったように私に声をかけてきた。

大丈夫です。

そう言おうとした時、突然ぐるぐると目が回り始めた。目の前に座る御子柴さんの顔がぼやけていき、おじさんの笑い声が聞こえなくなってくる。

あ、ヤバい。

調子に乗ってしまった。

そう思った時には、私の意識はプツンと切れていた。


目を覚ますと、街灯が照らす道を誰かに背負われて移動していた。

確かこの道は、御子柴さんのマンションへと向かう途中にある公園の遊歩道だ。道の両脇に植えられた木々の葉が、風が吹くたびにカサカサと音をたてて揺れる。

「起きたのか」

どうやら私を背負っていたのは御子柴さんのようで、あの低い声が聞こえる。

「す、すみません。わっ！」

身体を動かした拍子に落ちそうになってしまい、思わず、目の前にあった首に手を回してしがみつく。

「おい、苦しい」

「す、すみません」

慌てて手を緩める。

それにしても、今のこの状態はどういうことなんだろう。どうして御子柴さんに背負われているのかを少し考えて、ハッと思い出した。

「ったく、酒弱いくせに飲むから、こうなるんだ」

御子柴さんは呆れた口調で呟き、深いため息をつく。

そうだった。おじさんのラーメン屋でついビールを飲んでしまったあと眩暈《めまい》がして……、今に至る。

多分この状況は、苦手なお酒を飲んで倒れた私を、御子柴さんが背負いながら、家へと送ってくれているところなんだろう。

「すみませんでした。御子柴さん最近忙しそうだったので、美味しいラーメンでも食べて力をつけてもらおうと思ったのに。こんなことになってしまって……」

私のせいで、御子柴さんにまた迷惑をかけてしまった。そのことに気分が重くなる。

きっと御子柴さんは呆れているに違いない。いつもみたいにお説教をされてしまうのかな。

「それはありがとな。うまかったよ。あの店のラーメンもチャーハンも」

……意外な言葉が返ってきた。

「本当ですか？　元気、出ました？」

「ああ」

そう言って、御子柴さんがフッと笑うのがわかった。

「あ、あの。私、下ります。もう歩けるので」

いつまでも御子柴さんに背負われているわけにはいかない。早く下りないと。

けれど、彼の足は止まらず、私を下ろそうとしてくれない。

「いいよ。このままおぶって帰るから」

「そんなっ。そういうわけにいきません。私、重いですし」

「大丈夫だ。お前ひとりぐらい背負うのなんて、なんの問題もない」

「でも……」

言葉を続けようとして口を閉じた。本当のことを言うと、まだ少しだけ頭がくらくらとしている。ここから御子柴さんのマンションまで歩けるかと聞かれたら、その自信はあまりなかった。

「すみません」

「ほら、ちゃんとつかまってろ。落ちるぞ」

御子柴さんは、私を背負ったまま遊歩道を進んでいく。なんだか会話がないのも気まずかったので、私は口を開いた。

「御子柴さん。ひとつ聞いてもいいですか?」

「なんだ」

「どうして最近になって突然、今まで断り続けていたはずの仕事を請けたりしたんですか?」

「商業施設のことか?」

そう聞かれて、私は「はい」と頷いた。

「どうしてだろうな」

御子柴さんが呟く。

「どちらかというと、俺は戸建て住宅を設計するほうが好きだし、自分の事務所を持ってからも、そういう仕事を優先して請けてきた。けど突然、思ったんだ。久しぶりにでかいもの造って、親父をあっと言わせてやりたいって。ガキみたいだよな」

御子柴さんは笑った。

やっぱりそうだったんだ。

なんとなくそんな気はしていた。御子柴さんが突然、商業施設の仕事を請けたのは、御子柴商事の創立記念パーティーが行われた日のすぐあとだったから。

きっと御子柴さんは、なんとかしてお父さんに建築家としての自分を認めてもらいたいんだ。

「なぁ、百瀬。俺もお前にひとつだけ言いたいことがあるんだが、いいか？」

「え？　あ、はい。なんでしょう」

突然、改まった声でそう言われて、私は頷いた。

「彼氏と別れたばかりという時に伝えるのはどうなのか、ずっと考えてた。でも、俺もそろそろ限界だ。今日、浮田さんがお前を誘ってるのを見て、俺もうかうかしていられないと思ったし、自分の気持ちにケリをつけたい」

そこまで告げると、御子柴さんは一度顔を上に向けて、深く息を吐き出した。

「どうやら俺はお前に惚れているらしい」

「え……」

今、なんて？

さらりと告げられた言葉に耳を疑う。

「え、あの、えっと……」

もしかして『惚れている』って言われた？

惚れているって好きってことだよね。つまり、御子柴さんは私のことが好き？　いや、でも、前みたいに私の聞き間違いの可能性もあるし……。

「あの、御子柴さん。……もしかして私は今、御子柴さんに告白をされましたか？」

「お前は何を聞いてたんだ」

呆れたような、少し苛立つような声が返ってくる。それから、また深く息を吐き出すと、はっきりと告げる。

「俺は、お前のことが好きだって言ってんだよ」

「……っ」

今度はあまりにもストレートに言われてしまい、ドキッと鼓動が跳ねた。

「信じられないのか」

「あ、当たり前じゃないですかっ！　突然、そんなこと言われたんですから」

「そうでもないだろ。最近は、それらしいことを伝えてたつもりだったけど」

「わかりづらいですよ」

確かに御子柴さんから『惚れてる女』と言われた。

でも、その後の御子柴さんの態度に変わりがなかったから聞き間違いだと、深く考えないようにしていた。

浮田さんからミュージカルに誘われて困っていたところを助けてもらった時も、もしかして御子柴さんは私のことが好きなのかな？と一瞬思った。

でも、あとから言われたのは、私のドジに振り回される浮田さんが気の毒だから、という嫌味だった。

私のことが好きなのかな？と思わせておいて、はっきりとしたことは言ってくれないし、好きとは真逆の行動ばかり。ずっと御子柴さんの気持ちがわからなかった。

「それに、御子柴さん前に言ってましたよね。私みたいなドジ女だけは絶対にごめんだって」

そう言い返すと、彼は少しだけ口ごもる。

「それは……まぁ、あれだ。売り言葉に買い言葉というか、お前が先に俺みたいな男とは付き合えないと言うから、少し腹が立って言っただけだ」

御子柴さんは、ぶっきらぼうにそう答えた。

「あの、それじゃあ、いつから私を？」

「はっきりとは覚えてないが。最初のうちは、毎日毎日小さなミスや、アホみたいなドジを繰り返すお前のことが単に心配で、いつも目で追いかけてるだけだった。なんか危なっかしくて放っておけなくて、気がつくと俺の中でお前の存在がどんどん大きくなっていて、まぁ、つまりは惚れてたってわけだ」

「そ、そうなんですか」

まさか、本当に御子柴さんが私のことを好きだったなんて。

「私、どちらかというと御子柴さんから嫌われてると思ってました」

「だろうな。自分の気持ちを必死に抑えてたから。彼氏のいる女を好きになるなんて望みないだろ」

苦笑交じりの声で、そう言った。

事務所に入った頃は俊君と付き合っていたし、同棲もしていた。そのことを直接、御子柴さんに話したことはなかったけれど、佐原さんには話していたから、きっと御子柴さんは佐原さんから聞いて、私に彼氏がいると知っていたんだと思う。

「あと理性も結構抑えてたな」

「お前の濡れた服を脱がせて、俺の服を着せてる時。正直言うと、結構ヤバかった」

いつのことを言われているのかわからなくて、少し考えてしまう。

「……あ」

思い出した。御子柴さんが言っているのは多分、俊君の浮気現場を目撃して、アパートを飛び出した日のことだ。

あの日、タクシーの中で寝てしまった私を御子柴さんは自宅に運んでくれて、濡れた私の服を着替えさせてくれた。

でも、あの時の御子柴さんは『お前の下着姿を見ても何も感じない』というようなことを言っていたし、『下着は上下揃えろ』と、平然とした顔で余計なアドバイスまでしていた気がするけれど……。

御子柴さんのさっきの言葉を聞いた限り、本当はそんな余裕なかったってこと？

それに気がついた私は、慌てて確認をする。

「な、何もしてないですよね」

「当たり前だろ」

それにホッと胸を撫で下ろす。でも確かに御子柴さんは寝込みを襲うような、卑怯な真似をするような人じゃない。

「雨の中で泣いてたお前を拾った翌日、事情を聞いて、彼氏に浮気をされたと知った」

御子柴さんは、あの日のことを思い出すように、ゆっくりと言葉を続ける。

「俺はこんな性格だから、お前に優しい言葉なんてかけてやれなかったけど、彼氏に裏切られて傷ついて、住む家を失くして困っているお前のことを放っておけなかった。守ってやりたいと思った。いっそのこと好きだと伝えてしまおうとも思った。けど、さすがに彼氏と別れたばかりのお前に言うセリフじゃないと思って言わなかった。でも――」

御子柴さんの声のトーンがさらに低くなる。

「そろそろ自分の気持ちをうまく隠し切れなくなってきた。だから、考えてみてくれないか。俺とのこと」

「……はい」

御子柴さんの背中で、私は小さく頷くことしかできなかった。

キス

金木犀《きんもくせい》の甘い香りが漂う、十月大安日曜日。

袖と襟部分に繊細なレースが施されたサテン生地のベージュのドレスを着た私は、都内にあるウエディング会場にいた。

閑静な街中にあるこの場所は、平日はイタリアンレストランとして営業しているけれど、土日は結婚式場として使用されるらしい。

緑溢れる庭園では、今から華やかなバルーンリリースが行われようとしている。

「ハッピーウエディング！」

司会の女性のかけ声に合わせて、ハートの形をした風船がゲストの手より一斉に空へと放たれた。それと同時に会場からは大きな歓声があがり、心地のよい風に乗って色とりどりの風船が、雲ひとつない青空に向かってふわふわと飛んでいく。

ここ数日、停滞していた秋雨前線の影響で、すっきりとしない日が続いていた。けれど、今日は一転、朝から爽やかな秋晴れが広がっている。まるで、天気までもがこの特別な日を祝福しているかのようだ。

会場の中心には、白いタキシード姿の新郎と、上品なエンパイアラインのウエディングドレスに身を包んだ新婦がぴったりと寄り添い、幸せそうな笑顔を見せている。

今日は汐里の結婚式だ。

先ほど、レストランに併設されたガラス張りのチャペルでの挙式も終わり、今は華やかにガーデンパーティーが行われている。

堅苦しくなく、アットホームな感じで、招待客たちも自由に食べたり飲んだり話したりと、新郎新婦とともに楽しいひと時を送っている。

その様子を、私は会場の隅に設けられたベンチに腰掛けながら、ぼんやりと見つめていた。

招待状をもらってから、とても楽しみにしていたはずの汐里の結婚式。それなのに、私の心はバルーンリリースの風船のように、どこか遠くへ飛んでいってしまっていた。

『俺は、お前のことが好きだ』

あれから数日が経つけれど、あの時の御子柴さんの告白が頭から離れなくて、ついぼんやりとしてしまう。

そのせいか、家でも職場でもいつも以上にうっかりミスをしてしまって、普段の生活が上手に送れていない。

一方の御子柴さんはというと、まるで私への告白なんて嘘だったかのように、普段通りの生活を送っている。私への接し方も、告白前と同じくらいに素っ気ないし、私のミスにも容赦なく怒ってくる。

この人、本当に私のことが好きなのかな……？

あの日の告白を疑いたくなるほど、御子柴さんの態度は告白の前と後で全く変わらない。なんだか、私ばかりが意識してしまっている。

今日だって、あれほど楽しみにしていた汐里の結婚式だというのに、ふとした瞬間に心がどこかへ行ってしまっていた。

青空に溶け込みながら、だんだんと小さくなっていく風船をぼんやりと見つめていると、「雛子」と呼ばれてハッとする。

声のしたほうに視線を向けると、いつの間に来たのか、ウエディングドレス姿の汐里が立っていた。穏やかな風が吹くたび、ドレスのチュールがひらひらと揺れていて綺麗だ。

「ごめんね」

汐里が突然、そんな言葉を口にして、私の隣に腰掛ける。

「えっ、ごめんって？」

謝罪の意味がわからなくて首を傾げると、汐里は申し訳なさそうな顔で私を見ながら口を開く。

「俊太のこと」

そう言われて「ああ」と気がついた。

新郎を取り囲んで、楽しそうに会話をしている五、六人の男性グループへ視線を送ると、その中には私の元彼である俊君の姿がある。

「別れたばかりの彼氏と結婚式で顔を合わせるとか、気まずいよね」

どうやら汐里は、私が会場の隅にあるベンチにひとりでポツンと座っているのは、元彼と同じ空間にいるからと思っているようだ。

「違うよ。気にしないで。俊君のことはもう大丈夫だから」

私は、顔の前で両手を大きく横に振る。

「それに、私と汐里が仲良しだったように、俊君と将生君も仲良かったから」

だから俊君も、今日の結婚式には当然のように呼ばれていた。

正直、今日の結婚式に参列するまで、俊君と会うことを気まずく感じていたのは確かだ。どんな顔で会えばいいのか、まだわからなかった。

かといって、汐里の結婚式に参列しないという選択肢はない。だから覚悟を決めて、この会場に来た。

式が始まるまでの待合室で、特に俊君の姿を探したわけではなかったけれど、ふと互いの視線が合ってしまった。せっかくの汐里の結婚式で不穏な空気を作るのも嫌だったから、「久しぶり」とか「元気？」とか、そういった簡単な挨拶をどちらからともなく交わした。

いざ向き合うと、不思議となんの感情も湧いてこなかった。いつの間にか、私の中で俊君はもう過去の人になっていたんだと思う。

……御子柴さんのことで頭がいっぱい、という理由もあるけれど。

「それなら、どうして雛子はさっきからこんな隅っこのベンチにいるわけ？」

綺麗なメイクが施された顔で、汐里が怪《け》訝《げん》な表情を浮かべている。

「雛子、私の結婚式、すごく楽しみにしてくれてたでしょ？　それなのに、なんか浮かない表情しちゃって、気になるんだけど」

「そ、そうかな」

アハハと笑ってごまかしてみるけれど、汐里は心配そうに私の顔を覗き込む。

「何かあったの？」

そんな彼女に、私は申し訳ない気持ちになってしまう。本日の主役である花嫁に気を使わせてしまうなんて、私は何をやっているんだろう。

おめでたい席で私なんかの身の上話をするのもどうかと思ったけれど、誰かに今の胸の内を聞いてほしかった。

「実は、御子柴さんから告白をされまして……」

ボソッと小さな声でそう告げた途端――。

「えええええええっ⁉」

汐里の大きな叫び声が返ってくる。

会場中の人たちの視線が、何事かと私たちへと向けられたけれど、何もないとわかると、すぐにまたどこかへ散っていった。

汐里が私の腕をぐいっと引っ張り、顔を近づけて小声で言う。

「ねぇ、それ本当なの？」

「う、うん。そんな嘘、つかないって」

「それで返事は？　オーケーしたの？」

「い、いや……」

「まさか断ったの？」

「いや……」

「もうっ！　どっちなの」

返事を曖昧にしていると、汐里は少し苛立ったように声を荒らげる。

「もしかして、返事待たせてるの？」

ずばり汐里に言い当てられて、私は小さく頷いた。

「どう答えればいいのかわからなくて、迷ってる……」

思い出せば思い出すほど、あの告白が信じられない。普段の彼の態度から、まさか異性として意識されているとは思ってもいなかった。

かといって、冗談を言われたわけでも、からかわれたわけでもないことは、わかっている。御子柴さんはきっと真剣に言ってくれたんだ。だから、私もちゃんと考えて答えを出さないと……。

「でもさ、迷ってるってことは、雛子も少しは御子柴さんに気持ちがあるってことだよね」

汐里の言葉に、ハッと顔を上げて彼女を見つめる。

「雛子、御子柴さんは恋愛対象外だって、いつも言ってたでしょ。もしそうなら告白された時点ですぐに断ってるはずなのに。返事をするのにこんなに悩んでいるってことは、雛子の気持ちも少しは御子柴さんに傾いてるんじゃないの？」

確かに、そうかもしれない。

以前の私なら、御子柴さんから告白をされても絶対にすぐに断っていたはずだ。私にとっての御子柴さんは、いつも怒ってばかりの怖い上司で、できればあまり関わりたくない存在だったから。

でも、今は違う。いろいろあって同居することになってから、私の中で御子柴さんの印象がだいぶよいほうへと変わった。

いつの間にか御子柴さんを恋愛対象として意識するようになって、その存在がどんどん大きくなっていたのかもしれない……。

「よし！　それじゃあ、こうしようよ」

黙り込んでしまった私に、汐里が何かを思いついたように声をかける。

「これからブーケトスがあるから、雛子が私の投げたブーケを取れたら、御子柴さんと付き合う。取れなかったら、付き合わない。どう？　面白くない？」

「え!?」

そんなことで告白の返事を決めてもいいの？

「迷ってるなら、運にゆだねてみよう」

汐里がいたずらっぽい笑みを浮かべる。

それからしばらくして、ブーケトスの時間がやってきた。

「幸せをつかみたい方は、どうぞ前へお集まりください」

司会の女性の言葉に、男女問わず十数人が前に出てくる。私もその中に交じる。

「それでは、これからブーケトスを行いたいと思います」

白い花をメインに作られたブーケを手にした汐里が、私たちに背中を向ける。ちらっと私のほうを確認したのか、一瞬、彼女とばっちりと目が合った。

「それでは、カウントを始めます。さーん、にー、いーち……」

司会の女性のかけ声とともに、汐里が大きくブーケを投げた。それは空に舞い、弧を描きながら、私へと向かって下りてくる。

『雛子が私の投げたブーケを取れたら、御子柴さんと付き合う。取れなかったら、付き合わない』

ふと、さっきの汐里の言葉が頭をかすめた。

絶対に取らないと……！

気がつくと、私はブーケに向かって大きく手を伸ばしていた。

あと少しでつかめそうなところまで落ちてきた時——。

ドン！と、後ろから誰かに思い切り体当たりをされ、バランスを崩した私は、勢いよく前に倒れていった。

「それで、その絆創膏《ばんそうこう》か」

その日の夜、二次会を終えてから帰宅すると、御子柴さんがダイニングテーブルにパソコンを置いて仕事をしていた。

私のおでこに貼られた絆創膏を見て『どうしたんだ、それ』と、心配そうな表情を向けてくれたけれど、理由を聞くと、珍しく声をあげて笑いだした。

「なんか、お前らしくて笑えてくるな」

「ちょっと、御子柴さん。そんなに笑わないでくださいよ。痛いんですから、おでこ」

「すまん」

謝りながらも、必死に笑いをこらえている。私はムッと唇を尖らせた。

結局、ブーケはあと少しのところで取ることができなかった。というのも、後ろに立っていた女性に思い切り背中を押されてバランスを崩し、私は顔から地面に倒れた。おでこを擦りむき、鼻の頭もぶつけてしまうという散々な目に遭ったのだ。

すごく心配してくれた汐里によると、私を押した女性は汐里の職場の先輩だった。最近、婚活に力を入れていて、幸せの象徴であるブーケがどうしても欲しかったそうだ。決して悪気があったわけではなくて、必死になったあまり、前にいた私を押してしまったらしい。

その女性も、あとですごく申し訳なさそうに謝ってくれたし、せっかくの汐里の結婚式で揉め事を起こすのも嫌だったので、私はその謝罪を受け入れた。

とはいえ、擦りむいたおでこは、今もヒリヒリと痛む。こんな目に遭うならブーケトスに参加するんじゃなかった、と小さくため息をこぼした。

「そんなに、取り損ねたブーケが欲しかったのか？」

そんな私のため息の理由を、御子柴さんはブーケが取れなかったからだと思ったようだ。

ちなみに御子柴さんには、汐里から持ちかけられた賭けのことは話していない。

『ブーケを取れたら、御子柴さんと付き合う。取れなかったら、付き合わない』

結局、ブーケを取ることができなかった私は、御子柴さんと付き合わないってことになるのかな……。

「ちょっと、そのおでこの傷、見せてみろ」

そう言って、御子柴さんが私に近づいてくる。

「これ取ってもいいか？」

「えっ」

私の返事を待たずに、御子柴さんが絆創膏をはがしていく。

「……痛っ」

ひりっとした痛みに声をあげて目をつぶると、「すまん」と御子柴さんが焦ったように謝った。

「大丈夫か？」

「は、はい」

涙目で頷くと、御子柴さんは今度はゆっくりと絆創膏をはがして、私のおでこをまじまじと見つめる。

「さすがにもう血は止まってるみたいだが、これは痛そうだな」

そう呟きながら、傷を見つめている御子柴さんの顔は、私のすぐ目の前。

私はどこを見たらいいのかわからなくて、そっと視線を下に落とした。その拍子に、顔も一緒に少し下を向いたらしい。

「よく見せろ」

御子柴さんの手が私の顎にかかり、くいっと上を向かされる。

その動作に、一瞬ドキッと鼓動が跳ねた。

御子柴さんの視線は相変わらず私のおでこの傷へと向かっているけれど、至近距離にある顔や、顎に添えられた手にドキドキしてしまい、私は視線をあちこち泳がせる。

「消毒はしてもらったのか？」

そう声をかけられて、ハッと我に返った。

「は、はい。式場の方にしてもらいました」

「そうか。でも、まぁ一応、またしとくか」

そう呟いた御子柴さんの視線が、私のおでこから瞳にゆっくりと落ちてきた。至近距離でがっつりと視線がぶつかる。

御子柴さんにじっと見つめられて、私もまた瞬きを忘れてしまうくらい、目の前の彼の瞳を見つめ返した。

すると、御子柴さんが不意に首を少しだけ横に傾げるのがわかった。そのまま、さらに顔が近づいてきて、気がつくと、互いの鼻先が触れ合うほどになっていて――。

この状況は間違いない。私、御子柴さんにキスされそうになっている。

そう気づいた私は反射的に目をつぶった。

けれど、その瞬間は一向にやってこなくて……。

「悪ぃ」

御子柴さんは私の顎に添えていた手をさっと離した。私も閉じていた目を開ける。

「向こうの部屋に救急箱があったな」

そう呟くと、御子柴さんは素早くリビングをあとにしてしまった。

私はその場に呆然と立ち尽くしてしまう。

御子柴さん、私にキスしようとしてたよね?

そして、目をつぶって受け入れようとしていた自分がいる。

結局、キスはされなかったけれど……。

茶色の箱を持った御子柴さんが、何事もなかったかのように戻ってきた。

そのあと私をソファに座らせ、おでこの傷に消毒液を塗ってくれる。

「痛っ。痛いです、御子柴さん。傷に染みます」

「消毒してんだから当たり前だろ」

「染みるぅ～」

「おい、動くな。うまく塗れないだろ」

そう言って、御子柴さんは痛がる私の顎を片手でつかんで、顔を前に向かせる。そして、消毒液で湿らせた脱脂綿を、私のおでこの傷にゆっくりと当てた。

「痛い～、染みる～」

「我慢しろ」

「無理ですってば」

「だから動くな、アホ」

御子柴さんの手は私の顎に添えられ、すぐ目の前には顔がある。キスをされそうになった先ほどの状況と似ているはずなのに、今はドキドキ感なんて全くない。あるのは、おでこの傷に消毒液を塗られたヒリヒリ感だけだった。

週が明けた月曜日。

「雛子ちゃん、悟に告白されたんだ」

「はい」

御子柴さんが不在の時を見計らって、私は思い切って佐原さんに相談をしてみることにした。

「そっかぁ。悟はついに自分の気持ちに正直になったんだね」

椅子の背もたれに背を預けながら、佐原さんはなんだか感慨深そうに呟いた。その反応は、もしかして……。

「佐原さん知ってたんですか？　御子柴さんが私のことを、その……」

「うん、まぁね。一緒に飲みに行った時、珍しく酔った悟が、雛子ちゃんを好きだって口を滑らせてさ」

「そうだったんですか」

そういえば以前、御子柴さんは、佐原さんと飲みに行った時に余計なことを喋ってしまった、と言っていたような気がする。

「それで雛子ちゃんは、返事はしたの？」

「いえ、まだです」

御子柴さんの告白から、すでに二週間ほどが経過していた。

「雛子ちゃんは、悟のことどう想ってるの？」

佐原さんに尋ねられて、私は言葉に詰まってしまう。

「私は……」

御子柴さんのことを、どう想っているんだろう。その答えを、いまだにはっきりと出すことができない。

どちらかというと私は、御子柴さんのようなタイプは苦手だった。厳しくて、怒ると怖くて、常に仏頂面で、愛想がなくて。

でも最近、そのイメージが変わりつつある。

今回の同居をきっかけに、御子柴さんと一緒にいる時間が増えて、距離が縮まり、今まで知らなかった一面を知ることができた。

厳しくて、怖くて、仏頂面で、愛想がないというイメージは変わらない。でも、優しいところもちゃんとあって、こんな私をさりげなく助けてくれる。

汐里にも言われたけれど、私の気持ちは御子柴さんに少しずつ、傾き始めているのかもしれない。

でも御子柴さんのことが好きなのか、まだはっきりと自分の中で答えを出せない。

それに、私なんかが御子柴さんの彼女になってもいいのかな。ドジな私と、なんでも完璧な御子柴さんとでは、全く釣り合わない気がする。家柄も違いすぎるし。

御子柴さんには、私なんかよりももっとふさわしい女性がいるはず。例えば、園田麗子さんのような……。

ふと、御子柴さんの婚約者だと名乗った彼女のことを思い出した。

彼女からは、御子柴さんとの結婚を私からもすすめてほしいと言われている。もしもその結婚を御子柴さんが断ると、御子柴設計事務所がなくなるかもしれない、というようなことも言われたけれど。

「雛子ちゃん？」

考え込んでしまっていると、佐原さんに名前を呼ばれてハッと我に返る。

「どうしたの？　なんかすごく怖い顔してたけど」

「えっ、あ、そうですか？」

無意識に顔が強張ってしまっていたらしい。アハハと笑ってごまかす。

「眉間に皺を寄せて考え込むほど、悟の告白の返事に迷ってるの？」

佐原さんにそう聞かれて、私は両手を顔の前で思い切り横に振った。

「い、いえ。そういうわけじゃなくて。今はちょっと別のことを考えていて」

「別のこと？」

佐原さんが不思議そうに首を傾げる。

やっぱり、佐原さんにも園田さんのことや、彼女が言っていた『御子柴設計事務所がなくなるかもしれない』という、不吉なセリフのことを話したほうがいいのかもしれない。

「あの、佐原さん――」

そう口を開いた時、事務所の扉が勢いよく開き、御子柴さんが戻ってきた。

「おかえり、悟」

「おかえりなさい」

私と佐原さんがいつものように声をかけるけれど、御子柴さんからは返事がない。ずかずかと大股で自分のデスクまで歩いていくと、どかりと椅子に腰を下ろした。

「はぁ……」

それから深く息を吐き出す。私と佐原さんは、同時に顔を見合わせた。

「御子柴さん、機嫌悪そうですね」

「うん。あの様子だと、また何かあったっぽいね」

「何があったんでしょう？」

「聞いてみよっか」

そんなことを佐原さんと小声で話していると、御子柴さんが先に口を開いた。

「佐原。悪いが、あの商業施設の件は白紙になった」

その声は、やはり機嫌が悪いのか、いつもよりもだいぶ低い。

「白紙？」

御子柴さんの言葉を理解し切れていないのか、佐原さんがそっと首を傾げる。御子柴さんは淡々とした様子で言葉を続けた。

「今さっきクライアントと会ってきたが、急遽、別の建築家に任せることになったと言われた」

「え？　どういうこと？　確かにまだ基本設計の段階で契約前だったけど……」

ようやく状況が飲み込めた佐原さんの問いに、御子柴さんは目頭を押さえながらため息をつく。

「多分だが、親父に潰された」

「悟のお父さんに？」

「ああ。このままだとほかの契約前のものも、同じやり方で潰されるかもしれない」

「ちょ……ちょっと待って。詳しく説明して」

佐原さんは慌てて立ち上がり、御子柴さんの席へと向かう。

「どうして悟のお父さんが、うちの事務所の仕事を潰すの？」

「そんなの決まってるだろ。俺が親父の跡を継がずに、建築家なんて仕事をしてるのが気に入らないからだ。このまま、いろいろな人脈を使って俺の仕事を潰して、最終的には事務所ごと潰す気なんだ、親父は」

「そんな……」

佐原さんは何か言おうとするけれど、結局、黙ってうつむいた。

「悪いな、佐原。迷惑かける」

御子柴さんがそっと声をかけると、佐原さんは力なく首を横に振る。

「いや、俺のことより、悟は大丈夫なの？」

「ああ……」

そう頷くけれど、やはり、さすがの御子柴さんも参っているのか、声がいつもの調子じゃない。佐原さんも、そんな御子柴さんにどう声をかけていいのか迷っている。

そんなふたりに、私はそっと声をかける。

「あの、ひとつだけ聞いてもいいですか」

「なんだ？」

「何？」

ふたりの視線が、同時に私に向けられる。

「御子柴さんのお父さんて、そんなことまでできるんですか？」

いくら大企業の社長とはいえ、すでに決まっていた仕事を白紙にしたり、御子柴さんが受けているほかの仕事も潰したり。そんなことが、本当にできてしまうのか。

「あの人ならできる」

御子柴さんが、はっきりと言い切る。

「各方面に顔が知れているし、親父の言うことには誰も逆らえない。あの商業施設も、御子柴商事と昔から懇意にしている企業がクライアントだ。俺が設計を請け負ってると知った親父が、声をかけて白紙に戻させたんだろう」

思わず言葉を失ってしまう。そしてふと御子柴さんから以前聞いた『建築家になろうと思ったきっかけ』を思い出した。

小学生の頃に『理想の家』というテーマで描いた絵がコンクールで賞を取り、それをお父さんが喜んでくれたことが嬉しくて、建築家になろうと決めたと言っていた。

夢を叶えた今も、お父さんに認めてもらおうと必死に仕事をしていたのに、そのお父さんに仕事を奪われてしまうなんて。

今の御子柴さんの気持ちを考えると、胸がギュッとしめつけられて苦しくなる。

「そんなのひどいです」

気がつくと、本音がぽろりとこぼれていた。

「とりあえず、今はいつも通り仕事をしようか」

そう言った佐原さんもまた、力ない笑顔で笑っている。

「そうだな」

御子柴さんがパソコンに手を伸ばし、起動ボタンを押した。

その日の食卓は、しんと静まり返っていた。

最近の残業の原因であった商業施設の設計の仕事がなくなってしまったからか、今日は、定時で仕事を切り上げた御子柴さんと一緒にマンションまで帰ってきた。

夕食は、御子柴さんがさっと作ってくれたチャーハンだ。ダイニングテーブルで向かい合いながら、言葉も交わさずに食べている。

昼間の一件のせいか、空気がとても重たい。何か話しかけようと思うけれど、何を話せばいいのかわからないまま、チャーハンを食べ終えてしまった。

冷たいお茶をゆっくりと喉に流し込んでいると、ふと御子柴さんに「百瀬」と呼ばれる。私は、グラスから口を離すと、それをテーブルへと静かに置いた。

「お前にこれやっとくから」

そう言うと、御子柴さんはズボンのポケットから取り出した封筒を渡してくる。受け取ると、それはずっしりと重みがあった。

なんだろう?

そっと中身を確認して、思わず目を見開いてしまった。

「な、な、なんですか、これ!?」

「給料三ヵ月分だ。とりあえずそれだけあれば、新しい家を見つけて、必要な物を揃えるぐらいはできるだろ。足りなければ言え。もう少し渡すから」

給料三ヵ月分と言ったけれど、多分もっと多い金額が入っている。以前、ダメ元で二ヵ月分の前借りを相談した時は「ダメに決まってるだろ」と断ったのに、突然どうしたんだろう。

「それと、今すぐにというわけじゃないが、お前の新しい仕事先は、俺が知り合いに声かけて見つけといてやるから心配するな」

「え、仕事先？　なんのことですか、突然……」

おかしい。お金のことも含めて、なんでそんなことを言い出すんだろう。

思い当たるとしたら、御子柴さんのお父さんが、設計事務所を潰そうとしていることしかない。まだそうと決まったわけではないのに、御子柴設計事務所がなくなることが決まっているような言い方……。

「もしかして、自分で事務所を畳む気ですか？」

そうであってほしくない。そんな願いを込めて、御子柴さんを見つめる。

「お前と佐原には申し訳ないが、そうしようと思ってる」

御子柴さんが力なく頷いた。

「前にも言っただろ。俺が子供の頃から、親父は気に入らないものがあると、なんでも奪うって。今回もそれだ。俺はやっぱり、あの親父からは逃げられないし、敵《かな》わない。このまま親父に事務所を潰されるよりも、俺は自分であの事務所を畳むよ。それで、素直に御子柴商事を継ぐ」

「本気ですか？　建築家、辞めちゃうんですか？」

「ああ。辞める」

そう呟いた御子柴さんは相変わらずの無表情で、そこからは何も読み取れない。でも、本心で言っていないことくらい、私にもわかる。本当は、御子柴設計事務所を潰したくないし、建築家の仕事だって続けたいはずなのに。

「残りの依頼はどうするんですか。まだ、御子柴さんの設計を待っているお客様がいるんですよ」

「途中の仕事は最後までやるが、契約前のものについては、申し訳ないが佐原か知り合いの建築家にでも引き継ごうと思ってる」

「そんな……。無責任ですよっ！　御子柴さんらしくないです。皆さん、御子柴さんに設計をしてほしくて依頼してきたんですよ」

そう強く言うと、「仕方ないだろっ！」と、御子柴さんにしては珍しく、感情を強く表に出した言葉が返ってきた。

「どのみち、このままだと俺の事務所は親父に潰されるしかないんだ」

「でも、まだそうと決まったわけじゃないです」

「決まってるんだよ。親父は決めたことはやり通す。このまま事務所が潰されてしまえば、佐原にもお前にも、どんな迷惑がかかるかわからない。その前に、自分できちんとしておきたいんだ」

御子柴さんは、おぼつかない足取りでソファまで移動すると、ストンと力が抜けるように腰を下ろして、頭を抱えてしまった。

こんなに弱々しい姿を見せる御子柴さんに、私はかける言葉を完全に失ってしまう。いつも強気で自信家の彼が、お父さんにそこまで追い込まれていたなんて……。

私に何かできることはないのかな。

必死になって考えてみるけれど、私にできることなんて、すぐには思い浮かばない。それでも、このまま御子柴設計事務所がなくなるのも、御子柴さんが建築家の仕事を辞めてしまうのも、嫌だ。なんとかしたい。

ぐるぐると頭の中をかき混ぜるように考えていると、ふと園田さんの言葉が浮かぶ。

『悟さんは私と結婚をしたほうがいいと思いますよ。もし断れば、御子柴設計事務所がなくなってしまうかも』

言い換えれば、御子柴設計事務所を潰されたくなかったら、御子柴さんは園田さんと結婚をすればいいということになる。

事務所が残れば、御子柴さんのことだから、なんとかして建築家の仕事も続けようと思い直してくれるはず
私は、すぐにその思いつきを伝えることにした。

「御子柴さん。園田麗子さんという女性をご存じですよね？」

確認すると、御子柴さんは「ああ」と静かに頷く。

「ソノダグループの会長の娘だろ」

そう答えながら、不思議そうな表情で私を見た。

「どうして、お前の口から彼女の名前が出るんだ」

「えっと、実はこの前お会いしまして……」

私は、御子柴さんのお父さんから私のことを聞いた園田さんが、実際に私に会いに来たことを打ち明けた。

「……そうか」

すると、御子柴さんが深く息を吐き出す。

「何か言われたか？」

「えっと……園田さんが言うには、御子柴さんのお父さんは、私たちが恋人同士じゃ

ないことに気がついていたみたいです」

「……やっぱりそうだよな。あの人が、そう簡単に騙されるわけないから」

そう呟く彼に、私は言葉を続ける。

「園田さんが言っていました。御子柴さんが園田さんと結婚をすれば、御子柴設計事務所はなくならないって」

そう告げた時、御子柴さんの眉が一瞬ピクッと動いた気がした。

「つまりお前は、俺にソノダグループの令嬢と結婚をしろと言いたいのか？」

「はい」

それがベストだと思ったけれど……。

あれ？　もしかして私、言ってはいけないことを言ってしまったのでは？

なんとなくそのことに気がついた時、御子柴さんの低い声が聞こえた。

「なるほどな。それがお前の答えか」

御子柴さんの瞳が一瞬、切なそうに揺れた。

やっぱり、私は言ってはいけないことを言ってしまったんだ……。

「お前は、俺の気持ちなんてどうでもいいってわけか」

「いえ、そういうわけでは……」

「そういうことだろ。俺が、お前を好きだって気持ちはどうでもいいんだよな」

そう思われても仕方のないことを言ってしまった。

告白を忘れていたわけではない。でも、単純な私の頭の中は、御子柴さんが建築家を続けられるにはどうしたらいいのか、ということでいっぱいになっていた。そのせいで、御子柴さんが私を好きだという気持ちが、一瞬、すっぽりと抜け落ちてしまっていた。

本当に私はバカだ。大バカだ。

こんな時にまで空回りなことをしてしまう。そんな自分が本当に嫌になる。私は、御子柴さんにひどいことを言ってしまった。

あー、私のバカバカバカ！

どんなに悔やんだところで、口をついて出てしまった言葉はもう消せない。

「あ、あの……御子柴さん、違うんです」

御子柴さんの気持ちをどうでもいいだなんて、思っていない。そう伝えたいのに、どんな言葉をかけていいのか、わからない。

焦る私とは反対に、彼は冷静だ。いや、冷静というよりも、私を見つめるその瞳は、さっきと違ってとても冷たい。

今まで、どんなミスをして怒られても、御子柴さんにこんな冷たい瞳で見られたことはなかったのに。

今の彼は、本気で怒っている。

「――百瀬」

低い声で呼ばれて、思わず身体がピクッと跳ねる。

御子柴さんは、ゆっくりとソファから腰を上げると、私のほうへと近づいてきた。

そして、強い力で腕をつかまれたかと思うと、そのまま勢いよく引き寄せられる。と、彼の顔がすぐ目の前まで迫ってきた。

「あ、あの、御子柴さん――んっ」

言いかけた私の言葉は、御子柴さんの唇に塞がれてしまった。

つかまれていないほうの手で、御子柴さんの胸を軽く叩いて抵抗するけれど、その手も御子柴さんにつかまれてしまう。

キスが、だんだんと深くなっていく。

どうしよう。息ができない。

唇がいったん離される。そのすきに息を吸い込むと、またすぐに唇が塞がれてしまった。そして、またすぐに深いキスに変わっていく。

どうして御子柴さん、こんなことするの……？

思わず目に涙がたまってくる。すると、私の手首をつかんでいる彼の手の力が少しだけ緩んだのがわかった。そのすきに、私はさっと手を抜いて、御子柴さんの胸をドンと強く押す。

重なっていた唇が離れた。私は数歩後ろに下がり、御子柴さんから距離を取る。

気がつくと、彼の頬を思い切り叩いていた。

「ひどいです。御子柴さん」

震える唇でなんとか声を絞り出すと、たまっていた涙が一滴頬を伝っていく。

御子柴さんは、ハッと我に返ったような表情を私に向けた。

「すまない」

つい先ほどまで私の唇に荒く口づけていた御子柴さんの唇が、ゆっくりそう告げる。

これ以上、この場にいたくなくて、私は御子柴さんに背を向け、リビングを飛び出した。

「百瀬」

名前を呼ばれたけれど、振り返ることなく、急いで自室へと向かう。バタンと勢いよく扉を閉めると、その場にずるずると崩れ落ちた。

指で、そっと自分の唇に触れてみる。

ほんの一瞬の出来事だった。でも、私の唇にはまだ御子柴さんの熱が残っている。

彼らしくない行為に、私の心はだいぶ傷ついた。でもきっと、私も御子柴さんの心を傷つけた。それがあの乱暴なキスに繋がったんだと思う。

ドジな私が、御子柴さんの気持ちも考えずに園田さんとの結婚をすすめてしまったせいで、怒らせて、傷つけて……。

「どうして私、いつもこうなんだろう」

呟いた声は震えていた。

子供の頃からうっかりミスが多くて、ドジばかりで。深く考えず、目先のことだけしか見られない。今回も、そんな自分の性格でこんなことになってしまった。

そんな自分が大嫌いだ。

私はゆっくりと立ち上がると、スマホと財布の入ったカバンを手に取った。

このまま御子柴さんの家にいるのは気まずい。少し距離を置こう。

そっと玄関へと向かい、御子柴さんのマンションをあとにした。

しばらく歩いたけれど、行く先は決まらなかったので、とりあえず、近くにあるカフェに入ることにする。

時刻は夜の九時を過ぎたところで、店内はそれほど混んではいない。窓際の席に着いた私は、ホットココアをちびちびと飲みながら、ぼんやりと外の景色を眺めていた。

どれくらいの時間が経ったか。深いため息をひとつ吐き出した時だった。

「相席してもいい？」

凛とした女性の声に振り向くと、そこにいたのは園田麗子さんだった。

どうしてここに……？

戸惑っていると、園田さんは私の返事を待たず、向かいの席に腰を下ろして、飲み物の入ったカップを置いた。

「さっきまで、ここの隣のレストランで友人たちと食事をしていたんだけど。帰りの車に乗ろうとしたら、外からあなたの姿が見えたから」

そう言って、園田さんはゆっくりとカップに口をつけた。

確かに、このカフェの隣にはガラス張りのオシャレなレストランがあった。通り過ぎた時にちらっと中の様子を見たけれど、数十人ほどの人がいて、おそらく貸し切りでパーティーを開いていた。その中に園田さんもいたようだ。

なんとなく、彼女には今、会いたくなかった。けれど、そんな私の心を知らない園田さんは、ひと口飲んだカップをテーブルに戻すと、私をじっと見つめる。

「ねぇ、そういえば悟さんに、私との結婚のこと話してくれた？」

いきなりそう尋ねられて言葉に詰まる。

それは、私が今一番触れたくない話題。そのことがきっかけで、御子柴さんとの関係が最悪になってしまったのだから。

「はい。伝えました」

そう答えると、園田さんは微笑みながらさらに尋ねてくる。

「それで、悟さんはなんて？」

「えっと……」

ふと、さっきのキスのことを思い出してしまい、胸がきゅっとしめつけられる。そのまま、しばらく言葉を発せずにいると、園田さんがポツリと呟く声がした。

「私、どうしても悟さんと結婚したいの」

その言葉に、私はふと顔を上げて、目の前の園田さんを見つめる。

「それって、御子柴さんのことがすごく好きだからですか？」

ずっと一緒にいたいと思うほど彼のことを想っているから、園田さんはどうしても結婚がしたいのかもしれない。

彼女の言葉から私はそう受け取ったのだけれど――。

「いいえ、全く」

園田さんは首を横に振りながら、きっぱりとそう答えた。

「私は、悟さんの家柄が好きなの」

「家柄?」

「ええ。国内トップクラスの老舗大企業・御子柴商事の息子と結婚すれば、皆に自慢できるでしょ。それに、悟さんて結構イケメンだし、背も高いから夫として隣に立っていたら見映えもいいと思うの。噂では、他人に興味がなくて、感情も表に出さない冷たい人って聞いたことがあるけど、それについては我慢するわ。彼に好かれようなんて思ってないし。私は〝御子柴〟と結婚できれば、それでいいの」

淡々と話す園田さんの言葉を聞きながら、だんだんと気分が悪くなってきた。

「そんな理由なんですか?」

園田さんがどうしても御子柴さんと結婚をしたい理由って、そんなことなの? 家柄とか見映えとか。それって、御子柴さん本人のことを全く見ていない気がする。

いくら御子柴設計事務所を存続させるためとはいえ、こんなひどい考え方の人との結婚を、私は御子柴さんにすすめてしまったんだ。

あんなことを言わなければよかった。

先ほどの自分の言葉をひどく後悔して、私は唇をギュッと噛みしめる。

園田さんと結婚をしたら、御子柴さんは大好きな建築家の仕事を続けることができるかもしれないと思った。でも、それで本当に幸せになれるのかな……。

「あなたのような人と、御子柴さんを結婚させたくありません」

気がつくと、そんな言葉が口から飛び出ていた。

園田さんは一瞬、キョトンとしたけれど、すぐにさっと冷たい表情に変わる。

「あなたには関係ないでしょ。ただの事務員のくせに」

吐き捨てるように事実を言われてしまう。けれど、私も負けじと言い返した。

「あなたの言う通り、私はただの事務員です。御子柴さんとは上司と部下という関係です。でも私は、あなたより御子柴さんのことを、ずっと、たくさん知っています」

園田さんは、彼のことを全くわかっていない。

確かに御子柴さんは無愛想で、口数も少ないから、初対面の人に冷たい印象を与えてしまうかもしれない。

でも、優しい面だってちゃんと持っていることを、私は知っている。建築家という仕事が大好きなことも、それと同じくらい料理が好きなことも、甘い食べ物が苦手なことも。

私のほうが、園田さんよりも御子柴さんのことを、ずっとたくさん知っている。

「そんなにむきになるなんて、もしかして雛子さんは悟さんのことが好きなの？」

「えっ……」

突然の言葉にドキッとする。そして、思わず口を閉じてしまった。

私は、御子柴さんのことが好きなのかな……。

そう心の中で問いかけた時、ストンと何かが胸に落ちた気がした。

園田さんに御子柴さんを取られたくない。

うっかり者でドジばかりの私が、彼と釣り合うわけがないことは、わかっている。

でも、私は彼のそばにいたいし、彼の力になりたい。

私は、御子柴さんのことが好きだ。

ここ最近ずっと迷っていた答えをようやく出すことができた。

自分の気持ちがはっきりとわかったけれど、もう遅いのかもしれない。

園田さんとの結婚をすすめてしまったことで、私は彼を傷つけて怒らせてしまった。

きっと、もう嫌われている。今さら「好きです」なんて、伝えられるわけがない。

黙り込んでしまった私を見て、園田さんは先ほどの自分の言葉を正しいと受け取ったらしい。

「あなたが悟さんを好きになったところで、あなたたちは全く釣り合わないと思うの。残念だけど、諦めたほうがいいわよ」

追い打ちをかけられ、私は何も言い返すことができない。

その時、園田さんのほうから着信音が聞こえてきた。彼女はスマホを耳に当てたけれど、すぐに通話を終える。

「そういえば車を待たせていたんだったわ」

そして自分のカップを手に席を立ち、「じゃあね」と店をあとにした。

気持ち

その翌日。

契約前だった御子柴設計事務所の仕事が、またひとつなくなってしまった。

来月からクライアントとの打ち合わせが本格的に始まる予定だったのに、午前中に連絡があり、急遽、別の建築家に頼むことになったそうだ。

その連絡を電話で受けても、御子柴さんは顔色ひとつ変えず『わかりました』と、冷静に受話器を置いていた。そして、何事もなかったかのように仕事を再開させたけれど、心の中ではきっと、言葉にできないくらい複雑な感情を抱えていると思う。

そんな御子柴さんの様子が気になって、つい視線が彼へと向かう。そのたびにハッとして、目の前のパソコンに戻るけれど、またちらっと様子を窺ってしまう。

昨日の一件以来、私たちは口をきいていない。

昨夜は結局、汐里の家に泊めてもらうことにした。新婚家庭にお邪魔するのは気が引けたけれど、こんな時に頼れるのは彼女しかいない。旦那さんである将生君も温かく迎えてくれた。

汐里は何があったのか気にしていた様子だったけれど、話したくない私の気持ちを察してくれたのか、何も聞いてはこなかった。でも、御子柴さん絡みだと薄々感づいていたとは思う。

御子柴さんにも一応、今夜は友達の家に泊まることをスマホのメールで伝えた。いくら気まずくなったとはいえ、私が帰ってこないとなれば、きっと心配するだろう。

今朝になって返信に気がついた。彼らしく簡潔に【すまなかった】というメッセージだった。

午後に入っても、私は相変わらず御子柴さんのことを気にしながら、自分の仕事を続けていた。

すると、彼が「佐藤邸の進捗状況、見てくる」と、腰を上げた。

「今から行くの？」

佐原さんが壁の時計に視線を向ける。定時まであと一時間ほど。いつもなら、こんな時間に現場へ行ったりしないのに。

佐原さんの問いに「ああ」とだけ言うと、御子柴さんは私の横をさっと通り過ぎて、事務所をあとにしてしまった。

閉まった扉を見つめながら、思わずため息をこぼしてしまう。

「雛子ちゃん。もしかして悟と何かあった?」

今日一日の私たちの微妙な距離感に気がついたのか、佐原さんに向かいの席から声をかけられる。

「なんかふたりの様子がぎこちなく感じるんだけど。もしかして、悟のことフッちゃった?」

「えっ、……違います」

私はうつむきながら、キーボードに載せていた手をそっと膝の上に置いた。

「告白の返事は、まだしてません。でも……」

「でも?」

「御子柴さんのことを怒らせてしまいました」

「え?」

何があったの?と、佐原さんが首を傾げるので、私は昨夜のことを説明する。

「御子柴さんに結婚をすすめてしまったんです」

「結婚?」

私は、彼の婚約者と名乗る園田さんのことを打ち明けた。

園田さんに御子柴さんとの結婚をすすめてほしいと言われたこと。もしも御子柴さんがその結婚を断ったら、御子柴設計事務所がなくなるかもしれないと言われたこと。私の知っていることすべてを話した。

「それで雛子ちゃんは、悟に婚約者の女性との結婚をすすめちゃったんだね。そうすれば、うちの事務所が潰されないと思って」

「はい。でも、そうしたら御子柴さんに、お前は俺の気持ちなんてどうでもいいんだなと言われました」

一体、どこまで説明すればいいんだろう。キスのことも言っていいのかな？　でも、それは佐原さんには言いづらいし、言わないほうがいい気がした。

「そっか。それは、まぁ、悟の気持ちもわからなくはないなぁ」

佐原さんがポツリとこぼす。

「理由はどうであれ、好きな子にそんなこと言われたら、さすがのあいつも傷つくよ」

「私も言ったあとで、すごく後悔しました」

でも、口から出てしまった言葉は消えない。

昨日のキスには驚いたし、少しだけ怖かった。だけど、御子柴さんだけが悪いわけじゃない。私が、彼の気持ちを考えない発言をしてしまったのも悪い。

御子柴さんと気まずいままなのは、嫌だ。なんとかもとのような関係に戻りたい。

でも、どうしたらいいのかわからない。

思わず小さくため息をこぼした時だった。

「悟はさ、雛子ちゃんに相当、惚れてるんだよ。だって、あいつが女の子を家に上げるなんて、今までならありえなかったから」

佐原さんが静かに言った。

「俺の知る限り、今までの悟の彼女はひとりとして、あいつの家に上がったことないと思うよ」

「そうなんですか？」

「そうそう。あいつ、結構壁を作るタイプだからさ。今まで付き合ってた彼女とも、一線引いてるところがあったから」

彼女を家に上げたことすらなかったのに、私のことは家に置いてくれたんだ。

「それだけ雛子ちゃんのことが心配で、放っておけなかったのかもね、悟のヤツ」

「私って、そんなに頼りないですか？」

「少なくとも、悟にはそうなんだろうね」

佐原さんがにこりと微笑む。

「話のついでに、もうひとつ、悟が雛子ちゃんのことをどれだけ好きなのか、教えてあげようか」

御子柴さんが私のことを……？

「なんですか？」

首を傾げると、佐原さんはにんまりとした笑顔を浮かべる。

「雛子ちゃんが両親にハワイ旅行をプレゼントしてお金がなくなったって話、前に俺にしてくれたことあったでしょ？」

「はい」

「あのあと、悟とふたりだけの時に聞かれたんだ。『百瀬と何を話していたんだ』って。雛子ちゃんの落ち込んだ様子に、俺たちの会話が気になったらしいよ。俺にも教えろって詰め寄られてさ」

それなら以前、御子柴さんは私と佐原さんの会話が偶然聞こえたようなことを言っていた。けれど、今の佐原さんの話を聞くとそうではなかったようだ。

わざわざ佐原さんから聞いたから、御子柴さんは私が両親のハワイ旅行で散財して、お金がないことを知っていたんだ。

「悟なりに、いつも雛子ちゃんのことを気にかけて、心配していたんだよ。まぁ、あんな性格だからわかりづらいけどね。そうしているうちに、だんだんと雛子ちゃんのこと好きになっちゃったのかもね」

御子柴さんは、そこまで私のことを気にかけてくれていたんだ……。

それなのに、私は、本当にひどいことを御子柴さんにしてしまった。私のことを好きだと言ってくれたのに、別の女性との結婚をすすめてしまうなんて。

「前にも聞いたと思うけど、雛子ちゃんは悟のことどう想ってるの？　悟は雛子ちゃんのこと、本気で好きだよ。俺は悟のことを大学の頃から知ってるけど、雛子ちゃん以上に、あいつが素の自分を出せてる女性って見たことないから」

御子柴さんをどう想っているのか。

以前、佐原さんに同じことを聞かれた時は、すぐに答えられなかった。でも、今ははっきりと答えられる。

「私も、御子柴さんのことが好きです」

そう素直に告げると同時に思い出したのは、昨日の御子柴さんからのキスと、園田さんとの結婚をすすめてしまった自分のひどい言葉。

やっと自分の気持ちに気がついたのに、それを伝えることができない。

「でも、もう遅いんです」

呟いた私の声は震えていた。ぼんやりと視界がかすんで、見えなくなる。気がつくと、私は泣いていた。

「私……ひどいことを言って、怒らせて、傷つけたから……。御子柴さんは、もう、私のことなんて……好きじゃないと、思います」

御子柴さんに嫌われたくない。園田さんと結婚しないでほしい。だって、私も御子柴さんのことが好きだから。

「大丈夫だよ。きっと、まだ間に合うから」

ポロポロと泣いている私の耳に、佐原さんの優しい言葉が届いた。

「状況はどうであれ、自分の気持ちに気がついたなら、今度は雛子ちゃんが悟にそれを伝えないと。告白の返事、まだしてないんでしょ?」

「でも……」

私は涙をそっと拭きながら、口を開く。

「今さら返事をしたって、もう遅いって言われるに決まってます。お前のことなんてもう嫌いだって……」

少し泣き止んだはずなのに、目からまた涙が溢れてくる。そんな私に、佐原さんが優しく微笑みかけてくれる。

「俺の知っている悟は、雛子ちゃんにそんなことは言わないと思うよ」

佐原さんの言葉が、すっと心に染み込んでくる。

本当にまだ間に合うのだろうか……。

私は、目にたまっている涙を手の甲でゴシゴシと拭いた。

もしかしたら、昨夜の一件で御子柴さんに嫌われてしまったかもしれない。それでも、ようやくわかった自分の気持ちを、しっかりと伝えたい。

でも、その前に解決させないといけないことがある。

私なんかの力で解決できるのかはわからないけれど、御子柴さんのために今、私ができることをしたい。

「佐原さん。御子柴さんの実家の住所ってわかりますか」

「悟の住所？」

「はい」

「知ってるけど。なんで？」

「御子柴さんのお父さんに会いに行くんです」

「えっ⁉」

佐原さんが驚いた表情で私を見つめる。

「どういうこと、雛子ちゃん。悟のお父さんに会ってどうするの」

「お願いするんです。御子柴設計事務所の仕事を取らないでくださいって」

私は席を立って、壁際の棚に並べられているファイルのうちのいくつかを、紙袋に詰めてしっかりと抱えた。そして佐原さんを振り返る。

「お願いします、佐原さん。御子柴さんの実家の住所を私に教えてください」

「うん。まぁ、それはいいんだけど。本当に悟のお父さんに会いに行くの？」

「はい。私、御子柴さんの力になりたいんです」

不安そうな佐原さんに、私は力強く言葉を返した。

「御子柴さんがこれまでデザインした建物をお父さんにしっかりと見てもらって、建築家としての彼を知ってもらいたいんです」

御子柴さんは決して遊びの延長で建築家を続けているわけじゃない。自分の仕事に真剣に向き合っているし、誇りを持っている。そのことをお父さんに伝えたい。それが今、私ができることだと思った。

御子柴商事のオフィスビルに直接行く手もあるけれど、アポなしでは、きっと受付で体よく断られてしまう。確実に会うには、御子柴さんの実家で待ち伏せて、お父さんが帰宅したタイミングで声をかけるしかない。それもうまくいかない可能性のほうが大きいけれど。でも、やってみないとわからない。

そんな私の熱意が伝わったのか、佐原さんが軽くため息をつきながら、ボールペンを手に取った。

「わかったよ。雛子ちゃんがそこまで言うなら」

スマホで確認をしながら、メモ用紙にさらっと文字を書いていく。

「はい。これ、悟の実家の住所」

「ありがとうございます」

佐原さんからメモ用紙を受け取り、私は深く頭を下げた。

「それともうひとつお願いがあるんですけど……」

下げていた頭を戻しながら佐原さんに声をかける。

「早退させていただけませんか。今から御子柴さんの実家に行こうと思います」

「えっ、今から？」

「はい。なんだかずっと落ち着かなくて。今すぐにでも行動したいんです」

佐原さんが書いてくれた住所は、ここからだと電車で約四十分。

御子柴さんのお父さんが何時に帰宅するのかはわからないけれど、帰宅のタイミングを狙うなら、今から出ないといけないはずだ。終業時刻まではまだ一時間ほどあるけれど、今すぐに向かいたい。少しでも早く。

そんな私の気持ちを汲んでくれたのか、佐原さんが頷いてくれる。

「今日はもう、仕事は切り上げていいよ」

「ありがとうございます」

ペコリと頭を下げると、椅子の背もたれにかけていたカーディガンをさっと羽織る。

そしてカバンと、先ほど詰め込んだファイルの入った紙袋を抱え直すと、急いで事務所を飛び出した。

　御子柴さんの実家は、閑静な住宅街の中にある和風の豪邸だった。広い敷地はしっかりとした塀に囲まれていて、出入口は重厚な門扉で閉ざされている。高級住宅街なだけあって、それなりの規模の邸宅ばかりが並んでいるけれど、やはり歴史ある大企業は格が違う。

　勢いで来てはみたものの、今になって少し怖じ気づいてしまった。とりあえず、少し離れた場所で隠れながら様子を窺うことにする。

「うぅ……寒い」

　日が暮れると、さすがに冷えてくる。スマホで時間を確認すると、もうすぐ午後六時になろうとしていた。

　その時、一台の黒塗りの車が、ゆっくりと御子柴さんの実家の門の前で止まった。

　運転席にはドライバーらしき男性、後部座席には白髪交じりの髪の男性が座っている。御子柴さんのお父さんだ。

　どうやら車は門扉が開くのを待っているらしい。重厚なそれが、ゆっくりと横にスライドしていく。声をかけるなら、今しかない。

私は慌てて車へと駆け寄ると、後部座席の窓ガラスを覗き込んだ。

「あ、あの」

そう言うと、御子柴さんのお父さんが気がついて、ウインドウが下りていく。

「君は、確かうちの会社の創立記念パーティーで悟が連れてきた……」

私のことを覚えていてくれたようだ。

「百瀬雛子です。先日は初対面にもかかわらず、親子の問題に口を挟んでしまい、すみませんでした」

まずはパーティーでの私の振る舞いを謝罪した。

御子柴さんのお父さんの言葉がどうしても許せなくて、つい口を出してしまった。あの時の自分の発言が間違っているとは思わない。けれど、御子柴家とはなんの関わりもない私が、出すぎた真似をしてしまったという反省はあった。

でもお父さんは、そのことについては一切触れなかった。

「それで？　君はこんなところまで何をしに来たのかな」

「お話ししたいことがあります。少しだけ、お時間をいただけないでしょうか。お願いします」

私は深く頭を下げて、御子柴さんのお父さんの返事を待つ。けれど、しばらくして聞こえてきたのは深いため息だった。

「申し訳ないが、私には君と話をする理由がひとつもない」

不機嫌な時の御子柴さんとそっくりの低い声に、私は顔を上げる。

「少しだけでいいんです。話だけでも聞いてください」

そんな私を相手にすることなく、ウインドウは閉じられてしまう。

「お願いします。話をさせてください」

必死に声をかけたけれど、車はゆっくりと敷地内へと入っていってしまった。

門扉が閉められ、私はその場に呆然と立ち尽くす。

そう簡単に話ができるとは思っていなかった。けれど、こうも軽くあしらわれてしまうなんて。

御子柴さんを助けたくてここまで来たのに、私は何もできない。相手にすらしてもらえなかった。そんな自分の不甲斐なさに下を向いたまま、その場にしゃがみ込む。

私にはやっぱり無理だったんだ……。私はいつも助けられてばかりで、私が御子柴さんのためにできることなんて、何もない。そのことがとても情けないし、悔しい。

そんな気持ちを抱えたまま、しゃがんでいた時だった。

「どうかされましたか？」

頭上から女の人の声が聞こえた。

顔を上げると、着物姿の上品な女性が、花束を抱えて心配そうに私を見下ろしている。視線がぶつかると、女性が突然、ハッとした表情を見せた。

「あら！　もしかして、あなた、雛子ちゃん？」

「えっ、あ、はい。そうですけど……」

どうして私の名前を知ってるのだろう？　そう考えて、私もハッと気がつき、勢いよく立ち上がる。

「もしかして……椿さんですか？」

目の前の女性は嬉しそうな笑顔を見せた。

「やっぱり雛子ちゃんだったのね。まさか、こんなところで再会するなんて」

「そうですね。私も驚きました」

椿さんは、御子柴商事の創立記念パーティーで苦しそうに咳をしていたところを私が声をかけた女性だ。

どうして彼女がここに？　あの創立記念パーティーに参加していたから、多分、御子柴商事と関わりのある企業の社長夫人だとは思っていた。ということは、もしかしてこの高級住宅地に自宅があって、御子柴さんの実家の近所に住んでいるのかな？

そう思ったのだけれど。

「うちの前でどうしたの？」

椿さんから意外な言葉が飛び出した。

「えっ、うち⁉」

「ええ。ここは私の家よ」

椿さんが指を差したのは、今さっき御子柴さんのお父さんが入っていった豪邸だった。ということは、もしかして、椿さんて……。

「御子柴さんのお母さん⁉」

気がついた私は、思わず大声をあげてしまった。

「あの、私、御子柴さん……じゃなくて、悟さんの建築事務所で働いているんです」

「あら！　そうだったのね」

「はい。先日のパーティーも、御子柴さんに誘われて参加していました」

まさか、椿さんが御子柴商事の社長夫人で、彼のお母さんだったなんて。

「あの時、私、名前しか教えなかったわよね。紹介が遅れてしまったけれど、悟の母の御子柴椿です」

そう言って、椿さんは上品に微笑んだ。

「それで、雛子ちゃんは今日はどうしたのかしら？　悟はもうこの家を出ているから、悟に会いに来たわけではなさそうだけど」

「実は、御子柴さんのお父さんにお話ししたいことがあって」

「主人に？」

「今さっき、追い返されてしまいましたけど……」

それから椿さんに、私がこの家を訪れた理由を説明した。御子柴さんがこれから先も建築家の仕事を続けられるよう、お父さんを説得するために来た、と。

「そうだったのね」

私の話を聞いた椿さんは静かに頷いた。

正直、椿さんの反応が少し怖かった。椿さんも御子柴さんに家業を継いでほしいと思っているなら、私とは対立してしまう。先ほどのように追い返されてしまうかもしれない。

そう心配したけれど——。

「大丈夫よ。そういうことなら私に任せて」

椿さんは、優しい笑顔を私に向けてくれた。

そのあと、椿さんに連れられ、私は御子柴さんの実家の中に入れてもらった。

今は一階にある広い和室で、大きな座卓を前に正座をしている。椿さんは、お茶を用意するため席を外してしまった。この場にひとり取り残されると、なんだか落ち着かない。

とりあえず、窓の外に広がる立派な日本庭園を眺める。日が暮れて暗いけれど、とにかく立派なのはわかる。まるで、どこかの高級旅館のようだ。

視線を再び室内へと戻せば、床の間には大きくて立派な花瓶が置かれていて、綺麗な花が上品に飾られている。そういえば玄関や、この部屋へ来る途中の廊下にも、花が活けられた花瓶がいくつか置かれていた。

「お待たせ」

襖《ふすま》が開くと、お盆を持って椿さんが入ってきた。

「どうぞ、お茶よ」

「ありがとうございます」

目の前に緑茶の入った湯飲みが置かれる。

「綺麗なお花ですね」

床の間の花を見ながら言うと、椿さんが嬉しそうにくすっと笑った。

「私の趣味なの。花が好きでね、さっきも近くの花屋に買いに行った帰りだったのよ」

そういえば綺麗な花束を持っていたっけ。

「もうすぐ主人もここへ来ると思うから待っていてね」

「はい」

返事をしながら、また緊張する。さっきは全く相手にしてもらえなかったのに、本当に来てくれるのかな。もしも来てくれたら、しっかりと伝えないと。

でもその前に、ここにいる椿さんに確認しておきたいことがある。

「あの、椿さんもやっぱり御子柴さ……悟さんには、御子柴商事を継いでほしいと思っていますか」

そう尋ねると、椿さんはそっと首を横に振った。

「いいえ。私は、主人の味方でもないし、悟の味方でもないわ。ただ……」

視線を下に落とした椿さんの表情は、なんだか少し寂しそうに見える。

「主人は、どんな手を使ってでも、悟を御子柴商事の跡取りにしようと必死になっているけれど。あの人も、御子柴家に婿《むこ》に来た義務感でそうしているだけなのよ」

「婿？」

「ええ。御子柴は私の実家で、前社長は私の父なの。主人は婿養子として御子柴家に入ったのよ」

「そうなんですか」

「御子柴商事は創業以来、ずっと御子柴の家の人間が継いできたの。でも主人は婿養子で、御子柴の血が流れていないでしょ。そのことをずっと気にしていたみたい」

椿さんによると、御子柴さんのお父さんは社長に就任したばかりの頃、少しでも経営が悪くなると、周りの役員たちから『婿養子だから』『よそ者だから』と、陰口を叩かれていたらしい。

それでも必死に踏ん張って、御子柴商事をさらに発展させてきた。社長としてやれることはすべてやり遂げ、その最後の仕事として、ひとり息子である御子柴さんに自分の跡をなんとしても継いでほしいと思っているそうだ。

どうやら御子柴さんのお父さんも、いろいろと抱えているものがあるらしい。

「入るぞ」

襖の向こうから、低い声が聞こえた。

あまりにも声が似ているので、一瞬、御子柴さんかと思ってしまった。けれど、椿さんの「どうぞ」という答えに姿を見せたのは、お父さんだった。

座卓を挟んだ私の向かい側、花の飾られた床の間を背に腰を下ろす。

「まさか、椿と君が知り合いだったとはな」

真正面から見つめられて、私は思わず背筋が伸びる。

改めて近くから見ると、御子柴さんに本当によく似ている。親子なんだから当たり前だけど、顔だけじゃなくて、声や醸し出す雰囲気までそっくりだ。

「雛子ちゃんは、私のことを助けてくれたのよね」

「いえ、私は」

椿さんの言葉に、私は首を横に振る。助けただなんて、そんなたいしたことはしていない。

「君の話というのは、大体見当はついてる」

御子柴さんのお父さんが静かに口を開いた。

「悟が建築家を続けられるよう、私を説得でもしに来たんだろ」

「はい。お父さんが御子柴設計事務所の仕事をなくしていると伺ったんですが、本当ですか？」

「ああ。本当だ」

御子柴さんのお父さんは深く頷く。

「悟はどうしてる？」

「御子柴さんは、事務所を畳むと言っています」

「そうか。それはいいことだな」

その言葉に、私は唇をギュッと噛みしめてから口を開く。

「お父さんは、御子柴さんが設計した建物を見たことがありますか？」

「いや、ないな」

「それなら、これを見てください」

私は、持ってきた紙袋から数冊のファイルを取り出すと、座卓の上に並べた。それを先に手に取ったのは、椿さんだった。

「あら！　これ、もしかして悟が設計したのかしら？」

「はい。全部、御子柴さんのデザインです」

椿さんがパラパラとファイルをめくっていく。中身は、御子柴さんが設計した建物の完成した外観、そして部屋やロビーなど内観の写真だ。

「すごいわね。悟はこんなにたくさんの建物を造っているのね。ほら、あなたも見て」

椿さんに促されて、渋々といった様子で、お父さんもファイルを手に取る。ページをめくりながら、表情を変えずに、一枚一枚の写真にじっくりと視線を落としている。

「御子柴さん、言っていました。建築家になろうと思ったきっかけはお父さんに褒められたのが嬉しかったからだって」

そう言うと、お父さんの視線が私へと向けられる。

「小学生の頃に『理想の家』というテーマで描いた絵がコンクールで賞をとって、それをお父さんが喜んでくれたことが嬉しかった、と言っていました。その時のこと、覚えていますか？」

私の問いに、お父さんはしばらくしてから「ああ」と頷いた。

「細かいところまで上手に描けていたからな。私も子供の頃から絵を描くのが得意だったが、悟も私に似てくれたのかと嬉しかった。でも、まさかあの時のあの言葉が、悟を建築家の道に進めさせるきっかけになってしまったとは」

「お父さん、お願いします。御子柴さんの仕事を奪わないでください」

私は座卓に頭がつきそうなほど深く頭を下げる。

「雛子ちゃん……」と、椿さんの心配そうな声が聞こえてきた。

やがて、お父さんが深く息を吐き出す。

「どうして悟のためにここまでするんだ？　君はただの事務員で、悟とは特別深い関係というわけでもないんだろ」

その問いに答えるために、私はゆっくりと頭を上げた。

「確かに私は、御子柴さんの事務所で働くただの事務員です」

でも、と声を張り上げる。

「私にとって御子柴さんはただの上司ではありません。すごく大切な人です。それに、何度もピンチを救ってもらったから、今度は私が力になりたいんです」

御子柴さんのお父さんは、腕組みをしたまま険しい表情で私を見つめている。負けないよう、私も見つめ返す。気まずい静寂がしばらく流れた。

その時、廊下から急いでいるような足音が聞こえてきた。どうやらこちらに向かっているようで部屋の前で止まると、襖が勢いよく開かれる。

「百瀬っ！」

「御子柴さん⁉」

どうしてここに？

突然の登場に、思わず目を見開いてしまう。一方の御子柴さんは、急いで来たのか少し息があがっている。私を見て、鬼のような形相で近づいてきた。

「アホか、お前。こんなとこで何してんだ。全部、佐原から聞いた」

「あ……」

佐原さん、御子柴さんに伝えちゃったんだ。「言わないでください」と頼んでおけばよかった。でもきっと佐原さんのことだから、ひとりで御子柴家に乗り込んでいった私を心配してくれたんだろう。

「勝手に来てしまって、すみません。でも私、何か力になりたくて」

「だからって、お前なぁ」

ため息交じりに言うと、御子柴さんは私の隣の席にどかりと腰を下ろした。

「この前のパーティーの時もそうだったが、お前にすべて言わせるなんて、俺がカッコ悪すぎだろ」

次の瞬間、御子柴さんは正座をして姿勢を正すと、お父さんのほうへと向き直る。

それから、口を開いた。

「父さん。俺は、やっぱり御子柴商事は継げない」

そう告げた御子柴さんの横顔を、私は見つめる。

よかった。いつもの御子柴さんだ。

私はホッと胸を撫で下ろす。

昨夜はかなり弱っていて、建築家を辞めて事務所も畳むと言っていた。

だけど今の御子柴さんは、いつものようにキリッとした目と、自信たっぷりの口調ではっきりと自分の気持ちを告げている。

一方、お父さんの表情は険しい。眉間に皺を寄せて、御子柴さんを睨んでいる。けれど、御子柴さんはこの前とは違って、力強く言葉を続ける。

「俺は、建築家の仕事が好きだ。辞めるつもりはない。この家に生まれたからには家業を継がないといけないという使命があることもわかってる。でも、俺の人生だ。好きなことをやりたい」

はっきりとそう告げた彼に、お父さんは何かを考えるような表情を浮かべている。そして、しばらくしてから低い声で「わかった」と告げた。

「珍しくはっきりと意見するんだな、悟。もしかして、その子のおかげか?」

お父さんの視線が、ちらっと私に向けられて、ビクッと肩が跳ねた。けれど、その視線はまた御子柴さんへと戻っていく。

「まぁ、いい。お前がそこまで言うなら建築家は続けていい。が、そのかわりソノダグループの令嬢と結婚をするんだ。ソノダグループとの繋がりができれば、御子柴商事は今よりもさらに安泰だ」

「父さん、悪い。それもできない」

御子柴さんがきっぱりと断ると、お父さんはついに声を荒らげる。

「いい加減にしろ、悟。少しは御子柴家のためになるようなことをしたらどうだ」

「でも、俺にも俺の人生がある。父さんになんでも決められるのは、もうごめんだ。ワガママかもしれないけど、俺は俺の生き方をしたい」

部屋の中をピリッとした空気が漂う。それに完全に呑まれて、私はすっかり固まってしまった。

そういえば以前、御子柴さんは私に打ち明けていた。子供の頃からお父さんの言うことに従っていたせいで、大人になった今でもお父さんに強く言われると身体が固まって反論できなくなる、って。

でも今、御子柴さんはしっかりとお父さんの目を見つめて、自分の気持ちをぶつけている。

御子柴さんは今、お父さんと真っ向から戦っているんだ。

依然として、御子柴さんとお父さんは無言で睨み合い、空気が張りつめている。

「あなた。それくらいにしておいたら」

それを破ったのは、ずっと黙って話を聞いていた椿さんだった。

「今の悟の顔、若い頃のあなたにそっくりよ」

そう言って椿さんがくすっと笑うと、緊張が一瞬でほぐれた。

「私との結婚を許してもらおうと、父を必死に説得していた時のあなたみたい。反対されて追い返されても、何度も何度も父を説得しに、うちに来ていたわよね」

「おい、そんな話は今は関係ないだろ」

お父さんが気まずそうに咳払いをした。けれど椿さんはかまわず、言葉を続ける。

「あなたは、私との結婚を許してもらう時の父との約束通り、御子柴商事をさらに大きく成長させたわ。それは誰もが認めてる。御子柴の血が流れていなくても、あなたは御子柴商事の立派な社長よ」

そう告げる椿さんの表情はとても穏やかだ。そして、お父さんは少しうつむきながらも、椿さんの言葉にしっかりと耳を傾けているのがわかる。

「御子柴商事は御子柴の人間が継がなくてはいけない、そんな決まりはないわ。そうでなくても立派に経営を続けられる。あなたがその好例よ。それに、悟よりも安心して御子柴商事を任せられる優秀な若い秘書がもういるでしょ？」

「光太郎のことか」

御子柴さんのお父さんは、迷うことなくその名前を口にした。

「ええ。あなたは、悟を次の社長に推しつつ、光太郎君にも社長としての実力や可能性を感じているから、自分の秘書としてそばに置いているんじゃないの？」

椿さんの言葉に、御子柴さんのお父さんはしばらくしてから「そうだな」と呟く。

ふたりの会話に出てくる光太郎さんとは、確か御子柴商事の創立記念パーティーで受付をしていた男性だ。確か、芝さんといった。

一度しか会ったことがないけれど、御子柴さんに仕事の相談をしたり、時間外に呼び出されてもすぐに駆け付けるほど、仕事に一生懸命に取り組んでいる印象を受けた。

「御子柴商事なら、あなたの次の代もきっと大丈夫よ。だから、悟には自分の人生を歩ませてあげて。好きな仕事をして、好きな人と結婚をさせてあげてください」

お願いします、と椿さんはそっと頭を下げた。

「母さん」

その様子に、御子柴さんがそっと声を漏らす。

椿さんはさっき、自分は御子柴さんとお父さんのどちらの味方でもないと言っていた。けれど、本当は少しだけ、御子柴さんの味方だったのかもしれない。

それまでずっと険しい表情を浮かべていたお父さんだったけれど、まるで何かが吹っ切れたように、ストンと表情がほぐれた。腕組みをしたまま、深く息を吐き出すと、視線を天井へと投げる。そのまましばらくじっと一点を見つめていたかと思うと、視線をさっと下ろし、御子柴さんを見据えた。

「悟」

低い声で名前を呼ばれた御子柴さんは、しっかりとした声で「はい」と返事をする。

「再来年、御子柴商事の社屋を新しくしようと考えている。その設計をお前に、お前の事務所に任せようと思うんだが、頼めるか？」

その言葉に、御子柴さんは一瞬だけ驚いたような表情を見せた。けれど、すぐにそれはまるで何かを固く決意したかのように、キリッとしたものに変わる。

「もちろんです。父さんの期待通りの、立派なものを造ってみせます」

「頼んだぞ」

お父さんはそう答えてから、すっと立ち上がる。そのまま歩いていくと、襖に手をかけて立ち止まった。

「それと、私が白紙にしてしまったお前の仕事の件だが……すまなかった」

そう小さく頭を下げて、お父さんは部屋をあとにした。

謝罪されたところで、潰されてしまった仕事はもう戻ってはこない。隣にそっと視線を向けると、御子柴さんも硬い表情を浮かべている。

「よかったわね、悟。お父さんに認めてもらえて」

椿さんの明るい声に、御子柴さんはハッとしたように顔を上げた。その表情は、先ほどよりも少しだけ柔らかくなっている。

「はい。母さんもありがとうございました」

そっか。仕事が潰されるという犠牲もあったけれど、御子柴さんはお父さんにようやく建築家として生きていくことを認めてもらえたんだ。

「私はあなたの味方でもあるけれど、父さんの味方でもあるからね」

椿さんのそんな言葉で私は気がつく。

もしかして、椿さんは御子柴さんの肩を持ちつつ、お父さんの心をそっと解いてあげたのかもしれない。婿養子として家に入り、御子柴家とは血の繋がりのないお父さんが、長年抱え込んでいたものを。

私は、ふと椿さんを見つめる。すると彼女は、くすっと小さく笑ってみせた。

「それじゃあ、私はお父さんにコーヒーでも淹れてくるわね」

そう言って立ち上がると、椿さんも部屋をあとにした。残されたのは、私と御子柴さんだけ。

「……あ、あの、御子柴さん。念のため確認してもいいですか」

私がそっと声をかけると、いつものぶっきらぼうな返事が戻ってくる。

「なんだ」

「お父さんは、御子柴さんが建築家を続けていくことを認めてくれたんですよね？

御子柴設計事務所はなくならずにすむんですよね？」

そう言って、御子柴さんの顔を見上げる。

「ああ。とりあえずは、そうだな」

その返事に、私の心が一気に解放されていく。

「よかったですね、御子柴さんっ！」

嬉しさのあまり、思わず隣に座る御子柴さんに抱きついてしまった。

「御子柴さん、これからも建築家を続けられますよ。御子柴設計事務所も無事ですよ」

「お、おい。落ち着け」

「よかったぁ。これからも御子柴さんと一緒に仕事ができて」

そう言った次の瞬間、ふと私は今の自分の状況を理解する。大胆にも御子柴さんに抱きついてしまっている。

「あっ、すみません」

急いで離れようとした私の身体は、御子柴さんによって引き戻されてしまった。背中に回された御子柴さんの腕の力が強まり、ギュッときつく抱きしめられる。

「いろいろお前に言いたいことがあるが、まずは謝らせてくれないか」

耳元で御子柴さんの声がする。彼は、私を一度力強く抱きしめると、その腕をゆっくりと解いていく。

「悪かった」

そう言うと、御子柴さんは畳におでこがつきそうなほど深く頭を下げた。

「昨日、お前に悪いことをしたと思ってる。すまなかった」

御子柴さんが言っているのは、きっと昨日のあのキスのことだ。それなら、私にも謝らないといけないことがある。

「私のほうこそ、すみませんでした。園田さんとの結婚をすすめてしまって」

私はうつむくと、膝の上に置いた手をきゅっと握りしめる。

「……嫌われても当然のことを言ってしまいました」

「嫌われるって、俺にか？」

「はい」

小さく頷くと、御子柴さんが軽く息を吐き出す音が聞こえた。

「お前はやっぱりアホだな」

「へ？」

その言葉に、思わず御子柴さんの顔を見上げる。

「そんなことで俺がお前を嫌いになれるなら、もっと前から嫌いになってる。そうできなかったから、今もお前が好きなんだよ」

さりげなく言われた『好き』の言葉にトクンと鼓動が跳ねた。

「あの時、思わず頭に血が上った。よりによって惚れてる相手に別の女との結婚をすすめられて、正直かなり腹が立った」

やっぱり、私は御子柴さんのことを傷つけてしまっていたんだ。

「だからといって、さすがにあれはやりすぎた。大人げなかったと反省してる。もっと早くに謝ろうと思ったんだが、許してもらえなかったらと思うと、怖くて声をかけられなかった。本当にすまないことをした。むしろ、俺のほうが嫌われたよな」

そう言って、御子柴さんは苦笑した。私はすぐに、首を大きく横に振る。

「そんなことないです。私だって、御子柴さんのことを嫌いになるわけありません」

あのキスは確かに驚いたし、少し怖かった。けれど、だからといって御子柴さんのことを嫌いになったりはしていない。彼にそんな行動を取らせるようなことを言ってしまった私も悪い。

「それなら、お前は俺のことどう想ってる？」

御子柴さんが真剣な眼差しで私を見つめている。

告白の返事を聞かれているのだと思った。それならもう、私の中でとっくに答えは出ている。あとは、自分の気持ちをしっかりと御子柴さんに伝えればいいだけ。

「私――」

「いや、やっぱり、いいや」

私の言葉に被せるように、御子柴さんの声が響いた。

「今は、聞くのが怖い」

「どういうことですか？　私、ちゃんと返事しますよ」

「いいよ。もうわかってるから。俺はきっとお前にフラれる」

御子柴さんは、そう自嘲気味に笑った。

「いつもお前がミスをするたびに散々叱り飛ばして偉そうなこと言ってるくせに、今回の件ではかなりヘタレた部分を見せたからな。親父の圧力に屈して、建築家を辞めるとか、事務所畳むとかさ。いい歳した大人が親父に頭が上がらないなんて、笑えるよ。カッコ悪いよな。こんな俺が、今はお前にいい返事がもらえるとは思わない」

御子柴さんは、綺麗にセットされた髪の毛を片手でわしゃわしゃと乱暴にかき回す。そんな項垂れたような姿に、私は思わず声を張り上げていた。

「そんなことないです！」

確かに、今回のことで弱い部分が見えた。

初めて会った日から、御子柴さんは、いつも強気で、自信家で、なんでも完璧にそつなくこなしてしまう、私には遠い存在の人だと思っていた。

でも今回の件で、彼にもちゃんと私と同じように弱い部分や欠点があると知って、なんだか前よりも身近に感じることができた。

「常にパーフェクトな人なんかいませんよ」

御子柴さんの瞳を見つめて、私ははっきりとそう言った。

「ヘタレたところも、笑われるようなところも、カッコ悪いところも、皆当たり前のように持っています。ほら、私を見てくださいっ！」

そう言って、私は手のひらで自分の胸をトンと叩く。

「私なんて子供の頃からうっかりミスが多いし、ドジばかり踏んでます。ほかの人がスムーズにできることも時間がかかっちゃうし」

「……俺は、そんなところも全部ひっくるめて好きだけどな」

御子柴さんからフッと笑みがこぼれた。そんな彼の瞳を私はしっかりと見つめ返す。

「私もです。私も、御子柴さんの完璧じゃない弱い部分も含めて好きです」

私の言葉に驚いたのか、御子柴さんの目が一瞬、大きく見開かれた。

「御子柴さんの弱い部分や苦手なことは、私がフォローします。だから、こんなダメなところばかりの私だけど、これからも御子柴さんのそばにいたいです」

御子柴さんは私が好きで、私も御子柴さんが好き。それがわかった瞬間、まるで時が止まったように、私たちは互いの瞳をじっと見つめ合った。

静寂だけが流れていく。

それを唐突に破ったのは御子柴さんだった。

「やっぱりお前には敵わないな」

そう言って、笑っている。

「だから俺はお前が好きだよ」

御子柴さんがそっと私を抱き寄せる。

「百瀬。俺のそばにいてくれないか」

私も御子柴さんの大きな背中に、そっと自分の腕を回した。

「はい」

そう答えると、ギュッと強く抱き寄せられる。

しばらくしてその腕がゆっくりと解かれていくと、自然と互いの顔が近くなり、御子柴さんの唇がそっと私の唇に重なった。

甘くはない彼だけど

「どうしよう……」

しんと静まる職場のデスクで、私は固まったまま動けずにいる。目の前には倒れたカップ。そのすぐそばには、茶色く汚れた書類が一枚。

「どうしよう、どうしよう」

さっきからこの言葉を繰り返しているけれど、やってしまったものはどうしようもない。それでもつい口に出てしまう。

「どうしよ〜」

百瀬雛子、二十七歳。

飲んでいたコーヒーの入ったカップをうっかり倒してしまい、とても大事な書類を汚してしまった。

今日は、朝からこれを提出するのがずっと楽しみだった。仕事が一段落して、甘いコーヒーを飲みながらニヤけ顔で眺めていたら、こんなことになってしまった。

これを提出したら、いよいよ私の名字が変わる。そのことに少し浮かれすぎていたのかもしれない。

飲みかけだったコーヒーの入ったカップをデスクに置こうとして、手が滑ってしまった。

『お前はドジなんだから、焦るな！　ゆっくり動け！　そしてしっかり確認をしろ！』

上司であり、恋人でもある彼の怒鳴り声が耳に聞こえた気がして、思わず身体がブルッと震えた。

どうしようかと慌てていると——。

「ただいま」

男性の低い声とともに、入口の扉がガチャリと音をたてた。反射的に肩がビクッと震える。私は素早く扉のほうへ振り返ると、勢いよく頭を下げた。

「御子柴さん！　すみませんでした」

「雛子ちゃん？」

え？と思って顔を上げると、そこにいたのは御子柴さんではなかった。

「え、あれ、佐原さん!?」

「うん。そう、俺」

佐原さんはにこにこしているけれど、デスクにある汚れた書類を見た瞬間、その笑顔がひきつった。

「雛子ちゃん。もしかして、それって」

「……はい。婚姻届です」

「……だよね」

その時、再び扉がガチャッと開いた。

「戻った」

佐原さんよりも少しだけ低い声。今度こそ間違いない。御子柴さんだ。

「おかえり、悟」

佐原さんの声に「ああ」とだけ短い返事をすると、御子柴さんは隣にいる私へ視線を向ける。そして、デスクにある書類を見て目を見開く。

「お前、それ――」

「ご、ごめんなさい」

私は深く頭を下げた。

今日は仕事が終わったあと、御子柴さんと一緒に婚姻届を提出しに区役所へ行く予定だったのに。こんなコーヒーまみれの婚姻届なんて出せるわけがない。

ああ、私は本当に成長していない。相変わらずのドジだ。

「ったく、お前には呆れる」

御子柴さんに軽くため息をつかれてしまい、「すみません」ともう一度謝った。

するとと御子柴さんは自分のデスクへと向かい、引き出しを開けると、何かを取り出して戻ってくる。

「こんなこともあろうかと思って、もう一枚用意してある」

そう言って、私の顔の前に一枚の書類を突き出した。それは、先ほど私がコーヒーまみれにしてしまった婚姻届と全く同じもので、私の名前だけが空欄になっている。

「俺の欄と、俺の保証人の親父の欄、それにお前の保証人のお父さんの欄も、お前のいないところで本人たちに書いてもらった。あとはお前の欄を埋めればすぐに出せる」

さすが御子柴さんだ。私がミスをすること前提に、予備を隠し持っていたなんて。

「ほら、早くここに名前を書け。今すぐ出しに行くぞ」

「えっ、今からですか？」

ちらっと壁かけ時計に視線を向ければ、定時まではまだあと三時間はある。

「早くっ！」

「あ、はい！」

御子柴さんに急かされて、私はデスクに転がっていたペンを手に取り、自分の名前を書く。けれど、そういえば印鑑がない。

「ほら、これ」

またも御子柴さんの行動は、私のはるか上をいっていた。いつの間に持ってきたのか、私の印鑑を渡される。

「早く押す」

「は、はい」

まさか、私の印鑑まで持ってきていたとは……。

でもそんな御子柴さんのおかげで、予備の婚姻届の欄をすべて埋めることができた。

それを御子柴さんが素早く手に取る。

「ほら、行くぞ」

「えっ、本当に今から行くんですか?」

「ああ」

婚姻届を持っていないほうの手で私の手首をつかむと、御子柴さんはずんずんと歩きだす。

「悟。雛子ちゃん。お幸せにね」

佐原さんの穏やかな声に見送られて、私と御子柴さんは事務所をあとにした。

区役所へと続く道を歩きながら、ふと私の手を引いて歩く御子柴さんの大きな背中を見つめる。

今日で御子柴さんとお付き合いを始めて、ちょうど一年。そんな記念の日を選んで私たちは入籍をする。

私は相変わらずうっかりミスが多くて、気がつけばいつも何かドジを踏んでいる。

恋人になった今でも、御子柴さんには厳しく怒られてばかりだ。

それでも今の私は気づいている。

その中に御子柴さんの優しさが隠れていて、恋人になる前も、今も、私のことをさりげなく気にかけていてくれることを。

決して甘くはない彼だけど、私はそんな御子柴さんのことが大好きだ。

「悟さん」

そう声をかけると御子柴さんの足がピタリと止まって私を振り返る。

「お前、なんだいきなり。その呼び方……」

目を見開き、その表情が少し驚いている。

多分、私が初めて名前で呼んだからだと思う。

付き合って一年。恋人同士になっても、なんとなく御子柴さんのことを名前で呼ぶことができなかった。

でも今日から、この婚姻届を出した瞬間に、私たちは夫婦になる。だから、ちゃんと彼のことを名前で呼びたいと思った。

「私、悟さんのこと大好きです。だから、これからもよろしくお願いします」

そう伝えると、相変わらずの無愛想な顔つきの悟さんの口元が、柔らかくフッとほころんだ。

「そんなこと言って、お前、今夜は覚えてろよ」

「えっ、何をですか？　私また何か忘れてますか？」

そっと首を傾げると、「察しろよ……」と、悟さんが呆れたようにため息をつく。

「いつもはお前に合わせてだいぶ手加減してやってるが、今夜は本気でいくから覚えとけよ」

「え……」

あっ、もしかしてそういうこと？

悟さんの言葉の意味に気がついた私は、思わず今夜のことを思い浮かべて少しぞっとする。

でも、大丈夫。

私は悟さんのことが好きだし、悟さんも私のことを大切に想ってくれているから。

私は彼のすべてを受け止められる。

「はい！　しっかりと覚えておくので、ドーンときちゃってくださいっ」

そう自信たっぷりに答えると、「お前、本当にわかってんのか」と、悟さんは再びため息をついた。

けれど、その表情がとても穏やかで優しいから、私はそれに引き寄せられるように彼に近づくと、その腕にギュッとしがみついた。

END

あとがき

このたびは本作をお手に取っていただきありがとうございます。

この作品ですが、前作と同様に、まずはヒーローの設定が思いつきました。

「どんなことも完璧にこなしてしまうし、仕事でも有能な人だけど、無愛想な性格で、厳しくて、怒ると怖い。でも、実はすごく優しくて、恋愛面では不器用な人」が書きたい……！　そう思って書き始めたので、本作の主人公も私の中では御子柴です。

彼は、その無愛想な性格のため、鈍感でおっちょこちょいなヒロインの雛子に対して、素気ない態度しか取ることができません。でも、さりげなく雛子を心配して、時には助けて、守って、一途に想い続けている。

そんなふたりの少しもどかしいような関係を、いつ、どんなきっかけで発展させていこうかな……と、考えながら書き進めていくのが楽しかったです。

読み終えたあとに、もう一度最初から読んでいただけると、御子柴のあの時のあの行動や言葉から、雛子への愛が伝わるかと思います。

本作のヒロインの雛子は、超が付くほどのドジっ子なのですが。私が最近したミスは、みそ汁を作ろうと思って出汁パックを鍋に入れたところ、間違えて麦茶パックを投入してしまったことです。気がつかずに、ほんのりと麦茶の味がするみそ汁が出来上がりました。ほかにも、新幹線の荷物棚にカバンを置き忘れて降りそうになったところを、外国人観光客の方に教えてもらったり……。

こんな私ですが（笑）、サイトのほうでも、これからもマイペースに更新をしていきたいと思っていますので、覗いていただけたら嬉しいです。

次はどんなヒーローにしようかな？と、妄想を膨らませています。

書籍化していただいた前作『俺様御曹司と蜜恋契約』から、長編を書くのは久しぶりだったのですが、こうしてまた無事に一冊の本になることができてよかったです。

担当してくださった説話社の阪上様。イラストを描いてくださった夜咲こん様。本作に携わってくださったすべての皆様に感謝申し上げます。ありがとうございました。

そして、本作をお手に取って読んでくださった皆様。本当に、ありがとうございました！

鈴《すず》ゆりこ

鈴ゆりこ先生への
ファンレターのあて先

〒104-0031
東京都中央区京橋 1-3-1
八重洲口大栄ビル7F
スターツ出版株式会社　書籍編集部　気付

鈴ゆりこ先生

本書へのご意見をお聞かせください

お買い上げいただき、ありがとうございます。
今後の編集の参考にさせていただきますので、
アンケートにお答えいただければ幸いです。

下記 URL または QR コードから
アンケートページへお入りください。
https://www.berrys-cafe.jp/static/etc/bb

ベリーズ文庫

この物語はフィクションであり、
実在の人物・団体等には一切関係ありません。
本書の無断複写・転載を禁じます。

堅物社長にグイグイ迫られてます

2019年8月10日　初版第1刷発行

著　　者　鈴ゆりこ

発 行 人　松島 滋

デザイン　hive & co.,ltd.

校　　正　株式会社　文字工房燦光

編　　集　阪上智子　三好技知（ともに説話社）

発 行 所　スターツ出版株式会社
〒104-0031
東京都中央区京橋1-3-1　八重洲口大栄ビル7F
TEL　出版マーケティンググループ　03-6202-0386
（ご注文等に関するお問い合わせ）
URL　https://starts-pub.jp/

印 刷 所　大日本印刷株式会社

Printed in Japan

乱丁・落丁などの不良品はお取替えいたします。
上記出版マーケティンググループまでお問い合わせください。
定価はカバーに記載されています。

ISBN 978-4-8137-0731-8　C0193

ベリーズ文庫　2019年8月発売

『恋の餌食　俺様社長に捕獲されました』　紅《くれない》カオル・著

空間デザイン会社で働くカタブツOL・梓は、お見合いから逃げまわっている社長の一樹と偶然鉢合わせる。「今すぐ、俺の婚約者になってくれ」と言って、有無を言わさず梓を巻き込み、フィアンセとして周囲に宣言。その場限りのウソかと思いきや、俺様な一樹は梓を片時も離さず、溺愛してきて…!?

ISBN 978-4-8137-0730-1／定価：本体640円＋税

『堅物社長にグイグイ迫られてます』　鈴《すず》ゆりこ・著

設計事務所で働く雛子は、同棲中の彼の浮気現場に遭遇。家を飛び出し途方に暮れていたところを事務所の所長・御子柴に拾われ同居することに。イケメンだが仕事には鬼のように厳しい彼が、家で見せる優しさに惹かれる雛子。ある日彼の父が経営する会社のパーティーに、恋人として参加するよう頼まれ…。

ISBN 978-4-8137-0731-8／定価：本体640円＋税

『身ごもり政略結婚』　佐倉伊織《さくらいおり》・著

閉店寸前の和菓子屋の娘・結衣は、お店のために大手製菓店の御曹司・須藤と政略結婚することに。結婚の条件はただ一つ〝跡取りを産む〟こと。そこに愛はないと思っていたのに、結衣の懐妊が判明すると、須藤の態度が豹変!?　過保護なまでに甘やかされ、お腹の赤ちゃんも、結衣も丸ごと愛されてしまい…。

ISBN 978-4-8137-0732-5／定価：本体640円＋税

『旦那様の独占欲に火をつけてしまいました』　田崎《たさき》くるみ・著

婚活に連敗し落ち込んでいたOL・芽衣は、上司の門脇から「俺と結婚する?」とまさかの契約結婚を持ちかけられる。門脇は親に無理やりお見合いを勧められ、断り文句が必要だったのだ。やむなく同意した芽衣だが、始まったのはまさかの溺愛猛攻!?　あの手この手で迫られ、次第に本気で惹かれていき…!?

ISBN 978-4-8137-0733-2／定価：本体650円＋税

『偽装夫婦　御曹司のかりそめ妻への独占欲が止まらない』　高田《たかだ》ちさき・著

元カレの裏切りによって、仕事も家もなくした那夕子。ひょんなことから大手製薬会社のイケメン御曹司・尊に夫婦のふりをするよう頼まれ、いきなり新婚生活がスタート！「心から君が欲しい」——かりそめの夫婦のはずなのに、独占欲も露わに朝から晩まで溺愛され、那夕子は身も心も奪われていって——!?

ISBN 978-4-8137-0734-9／定価：本体630円＋税

タイトル、価格等は変更になることがございますのでご了承ください。

ベリーズ文庫 2019年8月発売

『次期国王は独占欲を我慢できない』 雪夏《きよか》ミエル・著

田舎育ちの貴族の娘アリスは、皆が憧れる王宮女官に合格。城でピンチに陥るたびに、偶然出会った密偵の青年に助けられる。そしてある日、美麗な王子ラウルとして現れたのは…密偵の彼!?　しかも「君は俺の大切な人」とまさかの溺愛宣言！　素顔を明かして愛を伝える彼に、アリスは戸惑うも抗えず…!?

ISBN 978-4-8137-0735-6／定価：本体650円＋税

『自称・悪役令嬢の華麗なる王宮物語ー仁義なき婚約破棄が目標ですー』 藍里《あいさと》まめ・著

内気な王女・セシリアは、適齢期になり父王から隣国の王太子との縁談を聞かされる。騎士団長に恋心を寄せているセシリアは、この結婚を破棄するためとある策略を練る。それは、立派な悪役令嬢になること！　人に迷惑をかけて、淑女失格の烙印をもらうため、あの手この手でとんでもない悪戯を試みるが…!?

ISBN 978-4-8137-0736-3／定価：本体620円＋税

『異世界で、なんちゃって王宮ナースになりました。王子がピンチで結婚式はお預けです!?』 涙鳴《るいな》・著

異世界にトリップして、王宮ナースとして活躍する若菜は、王太子のシェイドと結婚する日を心待ちにしている。医療技術の進んでいないこの世界で、出産を目の当たりにした若菜は、助産婦を育成することに尽力。そんな折、シェイドが襲われて記憶を失くしてしまう。若菜は必死の看病をするけれど…。

ISBN 978-4-8137-0737-0／定価：本体640円＋税

『転生令嬢は小食王子のお食事係』 甘沢林檎《あまさわりんご》・著

アイリーンは料理が得意な日本の女の子だった記憶を持つ王妃の侍女。料理が好きなアイリーンは、王妃宮の料理人と仲良くなりこっそりとお菓子を作ったりしてすごしていたが、ある日それが王妃にバレてしまう。クビを覚悟するも、お料理スキルを見込まれ、王太子の侍女に任命されてしまい!?

ISBN 978-4-8137-0718-9／定価：本体620円＋税

ベリーズ文庫 2019年9月発売予定

Now Printing

『打上花火』 夏雪《なつゆき》なつめ・著

化粧品会社の販売企画で働く果穂は、課長とこっそり社内恋愛中。ところがある日、彼の浮気が発覚。ショックを受けた果穂は休職し、地元へ帰ることにするが、偶然元カレ・伊勢崎と再会する。超敏腕エリート弁護士になっていた彼は、大人の魅力と包容力で傷ついた果穂の心を甘やかに溶かしていき…。

ISBN 978-4-8137-0749-3／予価600円＋税

Now Printing

『不愛想な同期の密やかな恋情』 水守《みずもり》恵蓮《えれん》・著

大手化粧品メーカーの企画部で働く美紅は、長いこと一緒に仕事をしている相棒的存在の同期・穂高のそっけない態度に自分は嫌われていると思っていた。ところがある日、ひょんなことから不愛想だった彼が豹変！　強引に唇を奪った挙句、「文句言わずに、俺に惚れられてろ」と溺愛宣言をしてきて…!?

ISBN 978-4-8137-0750-9／予価600円＋税

Now Printing

『p.s.好きです。』 宇佐木《うさぎ》・著

筆まめな鈴音は、ある事情で一流企業の御曹司・忍と期間限定の契約結婚をすることに！　毎日の手作り弁当に手紙を添える鈴音の健気さに、忍が甘く豹変。「俺の妻なんだから、よそ見するな」と契約違反の独占欲が全開に！　偽りの関係だと戸惑うも、昼夜を問わず愛を注がれ、鈴音は彼色に染められていき…!?

ISBN 978-4-8137-0751-6／予価600円＋税

Now Printing

『【社内公認】疑似夫婦　―私たち、(今のところはまだ)やましくありません!―』 兎山《とやま》もなか・著

寝具メーカーに勤める奈都は、エリート同期・森場が率いる新婚向けベッドのプロジェクトメンバーに抜擢される。そこで、ひょんなことから寝心地を試すため、森場と2週間夫婦として一緒に暮らすことに!?　新婚さながらの熱い言葉のやり取りを含む同居生活に、奈都はドキドキを抑えられなくなっていき…。

ISBN 978-4-8137-0752-3／予価600円＋税

Now Printing

『恋も愛もないけれど』 吉澤《よしざわ》紗矢《さや》・著

家族を助けるため、御曹司の神楽と結婚した令嬢の美琴。政略的なものと割り切り、初夜も朝帰り、夫婦の寝室にも入ってこない彼に愛を求めることはなかった。それはかりか、神楽は愛人を家に呼び込んで…!?　怒り心頭の美琴は家庭内別居を宣言し、離婚を決意する。それなのに神楽の冷たい態度が一変して？

ISBN 978-4-8137-0753-0／予価600円＋税

タイトル、価格等は変更になることがございますのでご了承ください。

ベリーズ文庫 2019年9月発売予定

『月夜見の王女と偽りの騎士』 和泉《いずみ》あや・著

Now Printing

予知能力を持つ、王室専属医の助手・メアリ。クールで容姿端麗な近衛騎士・ユリウスの思わせぶりな態度に、翻弄される日々。ある日、メアリが行方不明の王女と判明し、お付きの騎士に任命されたのは、なんとユリウスだった。それ以来増すユリウスの独占欲。とろけるキスでメアリの理性は陥落寸前で…⁉

ISBN 978-4-8137-0754-7／予価600円＋税

『仕立屋王子と魔法のクローゼット』 栗栖《くりす》ひよ子《こ》・著

Now Printing

恋も仕事もイマイチなアパレル店員の恵都はある日、異世界にトリップ！　長男アッシュに助けてもらったのが縁で、美形三兄弟経営の仕立屋で働くことに。豊かなファッション知識で客の心を掴み、仕事へ情熱を燃やす一方、アッシュの優しさに惹かれていく。そこへ「彼女を側室に」と望む王子が現れ…。

ISBN 978-4-8137-0755-4／予価600円＋税

『転生王女のまったりのんびり⁉異世界レシピ2』 雨宮《あまみや》れん・著

Now Printing

料理人を目指す咲綾は、目覚めると金髪碧眼の美少女・ヴィオラ姫に転生していた！　ヴィオラの作る日本の料理は異世界の人々の心を掴み、帝国の皇太子・リヒャルトの妹分としてのんびり暮らすことに。そんなある日、日本によく似た"ミナホ国"との国交を回復することになり…⁉　人気シリーズ待望の2巻！

ISBN 978-4-8137-0756-1／予価600円＋税